Bizi Sürükleyen Nehir

Hayat üstüne düşünceler

Ömer Zülfü Livaneli

Desenler

Abidin Dir

D1986938

Hazırlayanlar

Ozan Bilge

Durmuş Cevlan

Doğan Kitap

İçindekiler

Önsöz 11
Sunuş 15

İnsan olmaya dair 18
İnsanı ve doğayı sevmeye dair 25
Mutluluğa dair 31
Umutsuz yaşanmayacağına dair 35
İyiliğin ve kötülüğün kardeşliğine dair 38
Egoya, hırsa, başarıya dair 43
Varlığa ve yokluğa dair 50
Hikâyenin gerçekliğine, gerçeğin tuhaflığına dair 59
Bedenin ve ruhun yaşına dair 64
Erkeğin kadından üstün olmadığına dair 68
Aşkın gücüne dair 73
Değişimin sürekliliğine dair 79
Düşünmenin ciddiliğine, entelektüele ve aydına dair 84
Zamana, geleceğe ve geçmişe dair 97
Zenginliğe, yoksulluğa ve paylaşmaya dair 104
Akla, zekâya ve kurnazlığa dair 113
Cahilliğe, bilgiye ve eğitime dair 122
Kültürün bir ulu ırmak olmasına dair 130
Sanata ve sanatçıya dair 141
Müziğin toplumsallığına dair 154
İnsan soyunun kendini anlatmasına dair 165
Doğu'nun cehline ve Batı'nın kibrine dair 185

Memlekete ve halka dair ... 195
Üç kutuplu Türkiye'ye dair ... 203
Şiddet kültürüne dair ... 210
Teröre, savaşa ve barışa dair ... 219
Siyasete, siyasetçiye ve iktidarın yozlaştırmasına dair ... 232
Faşizme başkaldırmanın soyluluğuna ve demokrasiye dair ... 243
Özgürlüğe dair ... 259
Mustafa Kemal'e dair ... 264
Türkiye soluna dair ... 270
Dine ve ahlaka dair ... 274
Suça, cezaya ve adalete dair ... 283
İstanbul'a dair ... 288
İletişime dair ... 292

Son notlar ... 301

İnsanlık kötüye gitmez.
Her canlı organizma gibi kendini yaşatacak
ortama doğru akar. Herkes sürükleniyor.
Bir nehrin suları bizi önüne katmış götürüyor.
İnsanlar akıntıdan kurtulmak için kıyıdan sarkan dallara
tutunmaya çalışıyorlar. Kimi din dalına tutunuyor,
kimi milliyetçilik, kimi ise nihilizme gömülüyor.

Önsöz

Ozan Bilge kardeşimin kararlılığı ve eşsiz bir özveriyle kendini adaması olmasaydı, böyle bir kitabı okumamız mümkün değildi. Çünkü yıllar içinde yazılmış, söylenmiş bu sözler eski gazetelerin artık sadece arşivlerde bulunabilecek baskılarında, söyleşilerin yayınlandığı dergilerin sararmış sayfalarında, her nasılsa günümüze kalabilmiş bantlarda ve TV görüntülerinde sessizce bekler dururdu. Ozan Bilge yıllarını bu işe verdi, her şeyi derledi toparladı, seçti, eledi ve bu yapıtı ortaya çıkardı. Kendisine ve yardımcı olan Durmuş Cevlan'a teşekkür borçluyum.

Donmuş fikirlerden, kalıplaşmış sözlerden, klişelerden hepimiz korkarız ve korkmamız da gerekir. Çünkü böyle bir tutum "dogma" (nas) tanımına girer ve bir düşünce eylemi değildir. Dünya değişir, insan değişir, dolayısıyla fikirler de değişir.

Ne var ki bu kitapta okuyacağınız bazı sözler otuz-kırk yıl önce yazılmış olmasına rağmen, yadsıyacağım, değiştireceğim ya da utanmamı gerektiren bir öğe barındırmıyor. Bunun sebebi bunca yıl içinde beni ben (bizi biz) yapan temel ilkelerimin değişmemiş oluşu. Anadolu ozanlarından, büyük şiirden, edebiyattan, felsefeden, Aydınlanma düşüncesinden ve diyalektik dünya görüşünden gelen bu sağlam kök; güçlü fırtınaların insanları liberalizme, fanatizme, mistik inançlara, iktidarlara boyun eğmeye savurduğu çalkantılı dönemlerde sarıldığım ağacı yıkılmadan korudu. Bu ağaç aynı zamanda, hayatın zevklerinin, hedonizmin, şöhretin, paranın ve makamların, akıl çelen Sirenlerine karşı Odysseus'un kendini bağlattığı direk yerine geçti.

Bu duruş benim marifetim değil, bağlı bulunduğum ilkelerin başarısıdır. "Namuslu yaşayan insan, namuslu ölmek zorunda" sözümün sınanmasıdır. Bu değerler sistemi, dünyamızı ve insanlığımızı mahveden kapitalizmin tuzaklarıyla sürüklenmemek için attığımız muhkem bir çapadır. Bir de beni yetiştiren Nâzım Hikmet, Yaşar Kemal, Ahmed Arif, Abidin Dino, Mikis Theodorakis gibi hocaların örnek hayatlarıdır.

Bu kitapta, çoğunu benim bile unutmuş olduğum bazı seçilmiş "fikirler" okuyoruz. Fikir, insanı diğer hayvanlardan ayıran, yüksek bir kavram. Ama nedense bizim gibi toplumlarda pek sevilmez. Bu yüzden önemi de anlaşılmaz. Fikrin çoğulu olan efkâr kelimesi, dert, kasvet anlamında kullanılır, aynen bilimin temeli olan "merak" kelimesinin olumsuz anlamda kullanımı gibi. Yunan halkı, bizden geçmiş "meraklis"i, biz ise "efkâr"ı dağıtmak için çeşitli yollar deneriz. Oysa efkâr olmadan felsefe ve pozitif bilim, merak olmadan da (bizde tam karşılığı bulunmayan) *challenge* ortaya çıkmaz. Bu yüzden atalarımız kapalı denizlerin insanlarıdır.

Fikrin önemini vurguladıktan sonra, "Bu benim fikrim" ile "Bu da benim fikrim" arasındaki muazzam farka değinmek istiyorum. "Bu benim fikrim" bir çaba sonucunda elde edilen fikrin benimsenmesi, gerektiğinde ölümü göze alacak derecede savunulmasıdır. Sokrates, Lavasier, Şeyh Bedreddin, Giordano Bruno, Deniz Gezmiş, Hallac-ı Mansur, Thomas

More, Campanelli ve daha birçok kahraman, fikirleri uğruna gözlerini kırpmadan ölüme gitmiş, birçok isim de hayatını hapiste tamamlamış ya da akıl almaz işkencelere uğramıştır. İşte bu, fikirdir.

Bir de bir masada ya da internet ortamında bir konu görüşülürken ortaya bir laf atan ve bunu "Bu da benim fikrim" diye savunan insanlar var. Burada, "Da" eki çok önemlidir, o kişinin fikre, çalışmaya, emek harcamaya, literatüre, deyim yerindeyse kafa patlatmaya hiç niyeti olmadığını ve o anda laf olsun diye ortaya salladığı sözün, kişisel özgürlük kapsamında kabul edilmesini istediğini gösterir. Oysa bu, "ifade özgürlüğü" değil, ifade kirliliğidir. Daha çok sosyal, siyasi, edebi konularda ortaya çıkan bu tavır, ne yazık ki neo-liberallerin, postmodern akıma mensup olanların, sınıf savaşını ortadan kaldırmak için icat ettikleri ahlaksız bir palavradan ibarettir. Emeksiz fikir olmaz. Astrofizik, moleküler biyoloji, matematik gibi alanlarda, hayat boyu çalışmadan, kitaplar okumadan "Bu da benim fikrim" demek mümkün olmadığına göre diğer alanlarda da bu söz, cehaletin özgüvenle bütünleşmiş ruh halini ortaya koymaktan ve kişiyi küçük düşürmekten başka bir işe yaramaz.

Ne yazık ki internet iletişimi, bütün dünyada, hiçbir birikime sahip olmayan, sadece egoya dayanan iddialı tavırlarını kısıtlı cümlelerle fikir diye sunmaya çalışan bir kesim yarattı. Bence bu bir "internet cehaleti" devridir. Bilime ve düşünen insana saygının yerle bir edildiği bir ego çatışmaları ortamıdır.

Gerçekten düşünen insan, karşıtının tutarlı argümanlar öne sürerek haklı çıkmasından zevk duyar. Çünkü bir insan her şeyi bilemez, bilmediğini bilmek de bir erdemdir, amaç horoz döğüşü değil, bir metot içinde belli noktalara varmaktır. Bu yüzden tartışmaların ön şartı; belli bir terminoloji, belli bir kapsam ve tutarlılık gibi ahlaki ilkelere, önkabullere sahip olmaktır. Sözlerinizdeki tutarlılık, satranç oyununun sizi bağlayan kuralları gibidir. Eğer birisi sözlerinizdeki tutarsızlığı ortaya koyarsa, şah-mat durumunu kabul etmek zorundasınız.

Diyeceksiniz ki bu çılgın ortamda, ekranlarda herkesin bağırıp çağırdığı, intihallere kimsenin aldırmadığı, bir gecede profesör yapılanların terör estirdiği günlerde bu sözleri kim anlar, kim dinler.

İşte tam da böyle günlerde, bu nedenlerle sesimizi yükseltip, fikir ve bilim saygısını (ve sevgisini) öne çıkarmamız gerekiyor. *Philo Sophia* bilgiyi, bilgeliği sevmek demektir. Nasıl olsa sesinizi duyanlar olacaktır. Sayıları kaç olursa olsun toplumu dönüştürecek olanlar da bu kesimlerden çıkacaktır elbette. Nicelik ve nitelik arasındaki çarpıcı ilişkiyi anlamak için litrelerce süte konulan küçük bir mayanın neler başardığını hatırlayalım ve ağzımızdan çıkan her sözün önemini kavrayalım.

Ne de olsa "Söz ola kestire başı / Söz ola kese savaşı" diyen büyük Yunus'tan geliyoruz. Binlerce yılın birikimiyle oluşan Anadolu bilgeliği "Mecliste arif ol, kelamı dinle / El iki söylerse sen birin söyle / Elinden geldikçe sen iyilik eyle / Kötülerle konup göçücü olma" derken, başka türlü davranmaya hakkımız yok.

Zülfü Livaneli

Sunuş

Zülfü Livaneli önce büyük şairlerin şiirleri üzerine yaptığı muhteşem bestelerle, "yiğit iken ölenler" için söylediği ağıtlarla, türkülerle rehber oldu, hayat denilen o ulu nehrin akıntısında sürüklenirken bize. Önce hınca hınç dolu alanlarda söylediği umut ve özgürlük şarkıları ile güçlendi genç yüreklerimiz. O, "mutluluğun müziğini yaparken"[1] sahnede, biz tekrar ettik şarkılarını, tek yürek olduk, dünyanın en muhteşem korolarını oluşturduk. "Bilmem şu feleğin bende nesi var" dediğinde üzüldük konserin sonu geldiğine. Arkamızda tek bir çöp bile bırakmadan boşalttık meydanları, türkülerimize yollarda devam ettik, yurdumuzu bir başka severek döndük evlerimize. Şimdi çocuklarımıza, genç kardeşlerimize onun ezgilerini gökyüzüne nasıl kanatlandırdığımızı gururla anlatıyoruz.

Livaneli 1990'lı yıllardan itibaren "Dünya Değişirken" başlığı ile yazdığı köşe yazılarıyla derinden etkiledi gençlik yıllarımızı. Dünya değişse de nehirlerin yönünün değişmediğini o yazılardan öğrendik. Şimdi de hayata romanlarıyla bakıyoruz. Kişiliğinin yansıması olan, ötekileştirmeyen, kutuplaşmayı net bir şekilde reddeden, kavgadan uzak, sakin, sade üslubu büyülüyor bizi.

Bu kitap, Livaneli'nin yazıları, romanları, konuşmaları ve röportajları üzerinde 30 yılı aşkın bir süre boyunca yapılan sıkı bir takibin sonucunda doğdu. Büyük filozoflardan, edebiyatçılardan yaptığı alıntıların yanı sıra kültür birikimine, tarihe, bilime ve felsefeye yaslanan müthiş cümlelerle ifade ettiği düşüncelerin bir kitapta toplanması bir ihtiyaçtı bize göre.

Hayatın bize bir lütfudur ki günün birinde kendisi ile yakından görüşebilme ve bu ihtiyacı dile getirme imkânı bulduk. "Yazılarımı iyi biliyorsunuz, siz yaparsınız bunu" dediğinde büyük bir heyecan ve altından kalkamama korkusu sarmıştı içimizi. Bu korku ve heyecanla çalışmaya yaklaşık 6 yıl önce başladık. Yazılar, romanlar, söyleşiler, konuşmalar dikkatle tarandı. Seçilen aforizmalar konulara göre tasnif edildi. Kimi aforizmalar orijinal metinlerdeki hali ile aynen kullanıldı; kimilerine aforizma türüne daha uygun hale getirebilmek için Zülfü Livaneli'nin de desteğiyle eklemeler, düzenlemeler yapıldı. Yazılarında, söyleşilerinde yer almayan, ancak sohbetlerimizde ortaya çıkan birçok afrorizma da bu kitapta yerini aldı.

Amacımız Livaneli'nin düşüncelerinin kayıtsız şartsız kabulünü dikte etmek asla değildir. Bu, her şeyden önce ömrü boyunca "Ne olur beni bu kadar kolay anlamayın!" diye yakaran bir aydının hayatını adadığı düşünce özgürlüğü mücadelesiyle çelişirdi.

Sosyal medya ve televizyonların kavga, şiddet, savaş nidalarıyla inlediği gürültülü günümüz dünyasında, çocukluğundan bu yana okuyan, düşünen, soru soran, dünyayı anlamak için çaba gösteren bir aydının, müthiş cümlelerle ifade ettiği düşüncelerinin, okuyan herkese daha çok soru sormak ve daha çok düşünmek için yol göstermesini diliyoruz.

Bunca zamandır yazılı ve sözlü olarak toplum önünde düşüncelerini ifade eden Livaneli gibi bir düşünce insanının eserlerinden daha pek çok aforizma bu kitaba alınabilirdi elbette. Bunların bir kısmını hacim sorunu nedeniyle içimiz acıyarak çalışmanın dışında bırakmak zorunda kaldık. Bir kısmını da gözden kaçırmış olabiliriz. Bunların keşfini de romanları ve daha önce yayınlanmış seçme yazılardan oluşan kitaplarını okuyan ve okuyacak olan okurlara bırakıyoruz.

Zülfü Livaneli'nin böyle bir çalışma fikrine verdiği izin ve yüreklendirici destek hayatımızın en değerli hikâyesi olacak. Kendisine hayatımıza kattığı her şey için ne kadar teşekkür etsek yetmez.

Çalışkan öğrenci Özge İpek Esen derslerinin arasında bu çalışmaya zaman ayırdı. Doğan Kitap editörü Aslı Güneş titizliği ve dikkati ile kitaba değer kattı. Çok teşekkür ediyoruz.

Ozan Bilge-Durmuş Cevlan, Haziran 2020

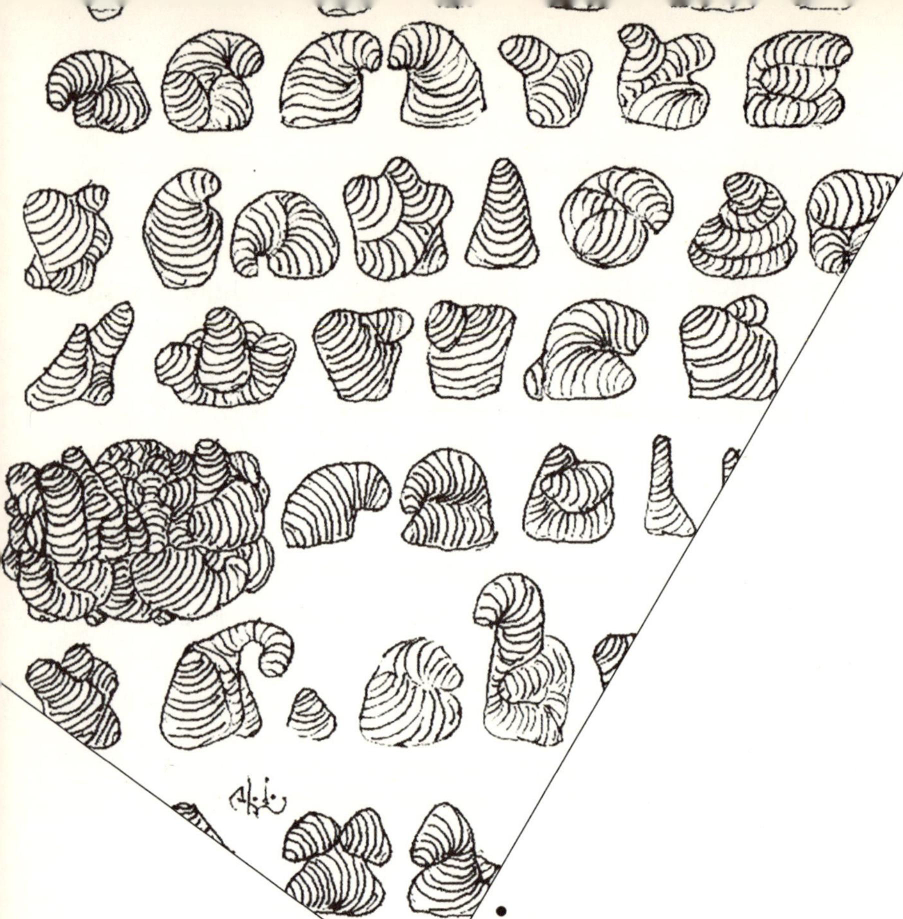

insan

olmaya dair

Bu karmaşık dünyada benim tek pusulam vicdandır.

Zihin hayvandan ayrışabilir ama beden bunu başaramaz.

Her insan kendi hayatının başrolünde oynuyor.

"Tek tek insanlar kötü olabilir ama insanlık iyidir" diyorlar. Bu cümle bir yanılsama. Henüz öyle bir insanlık yok. İnsanlığa sığmaz dediğimiz her olay insanlığın sınırları içinde.

İnsanlık ancak bugünkü insanı aştığı zaman "insan" olabilecek.

Yetmiş milyon yıl önce dinozorlar vardı.
Modern insanın tarihi ise henüz elli bin yıl.
Türümüz ya bugünkü yıkıcı insanı aşacak ya da
yok olacak.

Hiçbir insanın beyni evreni kavrayacak kadar
büyük değil.

Dünyaca tanınmak mı istiyorsun? Önce dünyayı tanı.

Hayat üstüne düşünmezseniz, size kabul ettirilen
önyargıların hamalı olarak yaşarsınız.

Evren hakkında düşünürüz ama evrenin
bizim hakkımızda ne düşündüğünü
hiç merak etmeyiz.

İnsanlar okyanustaki gemiler gibi.
Doğru bir pusulası olmayan gemi buz dağına çarpar.

İnsan yapısını anlamak için en çarpıcı gözlem,
ezilenler arasındaki hiyerarşi savaşında
ortaya çıkar.

Çözmediğiniz sorunlar gün gelir sizi çözer.

İnsan soyu, çevresindeki koşullara uyum göstererek
hayatta kalma becerisine sahip
bir bukalemun.

İnsan hem hiçbir şeydir hem de her şey.

Ezilen ezer.

İlerde "En büyük anıt insandır" denebilecek mi acaba?

Hayatta her şey bir ruh durumudur.

Hayatın özü, büyük sırrı, olmazsa olmazı: Unutmak. Eğer unutmak diye bir şey olmasaydı, yaşam da olmazdı. İnsan, unutmadan hayatını sürdüremez.

Mademki insanlar birbirine acı veriyor, o zaman en güzel şey hayata meydan okumak ve mutlak bir yalnızlığı seçmek.

İnsanların kötülüğünü gördükçe insanlık idealine sığınmaktan başka çare kalmıyor.

Renklerin, notaların karakteri var ama bazı insanların yok.

Kendilerini anlatmayan, ancak sizin yavaş yavaş keşfettiğiniz insanlar, her zaman çekici gelir. Durmadan kendini ortaya koyanlar ise sahtelik duygusu uyandırır.

Bu dünyadaki her trajedi, küçük ve masum bir adımla başlar.

Değersiz insan, -böyle bir şey var mıdır bilmem ama, hadi daha az değerli diyelim, altına karşı bozuk para gibi- kendisinin değersiz olduğunu hiçbir zaman düşünmez, çünkü değerler dünyasının, değerler hiyerarşisinin farkında bile olmadığı için huzurludur ama değerli bir insan kendisinin değersiz olduğu düşüncesine kapılırsa, iflah olmaz.

Bir koyuna niye böyle uysal davranıyorsun ya da bir kurda niye böyle yırtıcısın diye sorulamaz.

Her toplu yolculuk bir kader birliği.

Duyarlılık ile duygusallık birbirinin zıddı.

Duyarlılık, kimseye bir şey satmaya çalışmaz, kendini belli belirsiz ele verir. Duygusallık ise insanları feryat figan kendine acımaya çağırır. Genellikle sahtedir.

Duyarlı olmak, sadece acıları ve çirkinlikleri değil, sevinçleri ve güzellikleri de algılamamızı sağlar.

Duygusallıkta hiçbir gerçek duyguya yer yok.

Herkes hayatı kendi yetenekleri çerçevesinde kavrayabilir.

Her şeyini yitiren bir insanın son sığınağı onurdur.

Farkında olmasa bile her insanın en derin yerinde bir onur noktası var. Oraya dokunulmamalı.

Homo erectus yatarak doğar, yatarak büyür, yatarak sevişir, yatarak iyileşir, yatarak dinlenir, yatarak doğurur ve yatarak ölür.

insanı ve doğayı sevmeye dair

Diğerkâm insan bencillerden daha keyifli yaşar.

Siyasetin, ekonominin, toplumsal yaşamın çarkları dönüyor ve birçok insanı öğütüyor. Hümanizm bu çarkların dönüşünü yumuşatacak bir sıvı gibidir.
İnsan insanın zehrini alır.

Amaç şudur: İnsanın değerinin sadece insan oluşundan geldiği; din, mezhep, milliyet, cinsiyet, renk, cinsel tercih, siyaset gibi birtakım ön sıfatlarla ayrımcılığa uğratılmadığı bir hümanizm anlayışı.

İnsan haklarını sadece devlet düzeyinde görmemek gerekir. Gündelik yaşamımızda her an karşılaştığımız zorbalık eğilimi, insan hakları ihlalinin başlangıç noktası.

Hiçbir zaman insana insan gibi bakamıyoruz.
Hep etiketlerle bakıyoruz. Oysa insanlar aynı biyolojik
koşullarda dünyanın herhangi bir köşesinde doğuyor.
Doğduktan sonra ona içinde bulunduğu kültüre göre bir
isim veriyor ve onu bir dine inandırıyorlar. Tek fark bu.

Dekorlardan sıyrılmış insanın özünü görmek gerekir.
New York Filarmoni dinlerken tahtaların üstüne tel gerip
titreşim yaratan, deniz kabuklarına ve kamışlara üfleyerek
ses çıkaran insanı, Bolşoy balesini izlerken ateş başında
raksedip o günkü avını anlatan insanı, orduların geçit
resminde elindeki mızrağı göstererek herkesi korkutmaya
çalışan insanı, kısacası insanın özünü göremiyorsan,
gözün boyanmış demektir.

Eğer hatırlayabildiklerimiz ana rahmine kadar gitseydi,
oradaki koşullarımızın, iyi ve kötü günlerimizin, üzerimizdeki
baskıların, duyduğumuz boğuk seslerin, doğum kanalında
çektiğimiz sıkıntıların, gördüğümüz ilk ışığın, ilk şeklin
tarihini de paylaşabilir ve birbirimize ne kadar
benzediğimizi anlayabilirdik.

Çiçeksiz mahallelerde insan sevgisi de yeşermez!

Hepimiz, "Mülteciler insandır!" demek için ayağa
kalkmalıyız. Musa da mülteciydi,
İsa da Muhammed de.

Bir kültür ve sanat insanı olarak benim rüyam, her türlü
değer ve ölçünün merkezine insanın yerleştirildiği
bir dünya yaratılmasıdır.[2]

Yaşlandıklarında ağaçlar ve insanlar birbirine
benzemeye başlar. Bu yüzden bazı yaşlı insanlara
"çınar" denir.

İnsanı hayvanlardan ve bitkilerden üstün görmemiz büyük
bir aldatmaca.

İnsanın doğa kurallarını zorladığı her noktada mutsuzluk
başgösteriyor.

Doğa insana ait değil, insan doğaya ait.

Bu dünyada nereye gitsen doğanın güzelliği ve insan soyunun zalimliği çıkar karşına.

"Doğa ölüyor!" diyorlar. Doğa ölmez, ölecek olan biziz.

Doğa intikam almaz! Farkımızda bile değil çünkü.

Doğa açısından insan soyunun tek önemi türünü devam ettirmesi ama tükense de olur.

Hayvanları sevmeyen, onlara acımayan bir toplum, kendini de sevmiyor; çiçekleri, çocukları sevmeyen bir toplum giderek hastalanıyor ve doğayla bozulan uyum, insanları birer canavara dönüştürüyor.

Teknoloji bir yandan hayatımızı kolaylaştırıyor, bir yandan da bizi türümüze yabancılaştırıyor.

Uçurtmaları seven insandan korkma.

Bir ülkenin gelişmişlik derecesini anlamak için, hayvanlara nasıl davranıldığına bakmanız yeterli.

Ege'nin bazı hallerini görmeyen kimse, Homeros'un "şarap rengi" demekle ne kastettiğini anlayamaz.

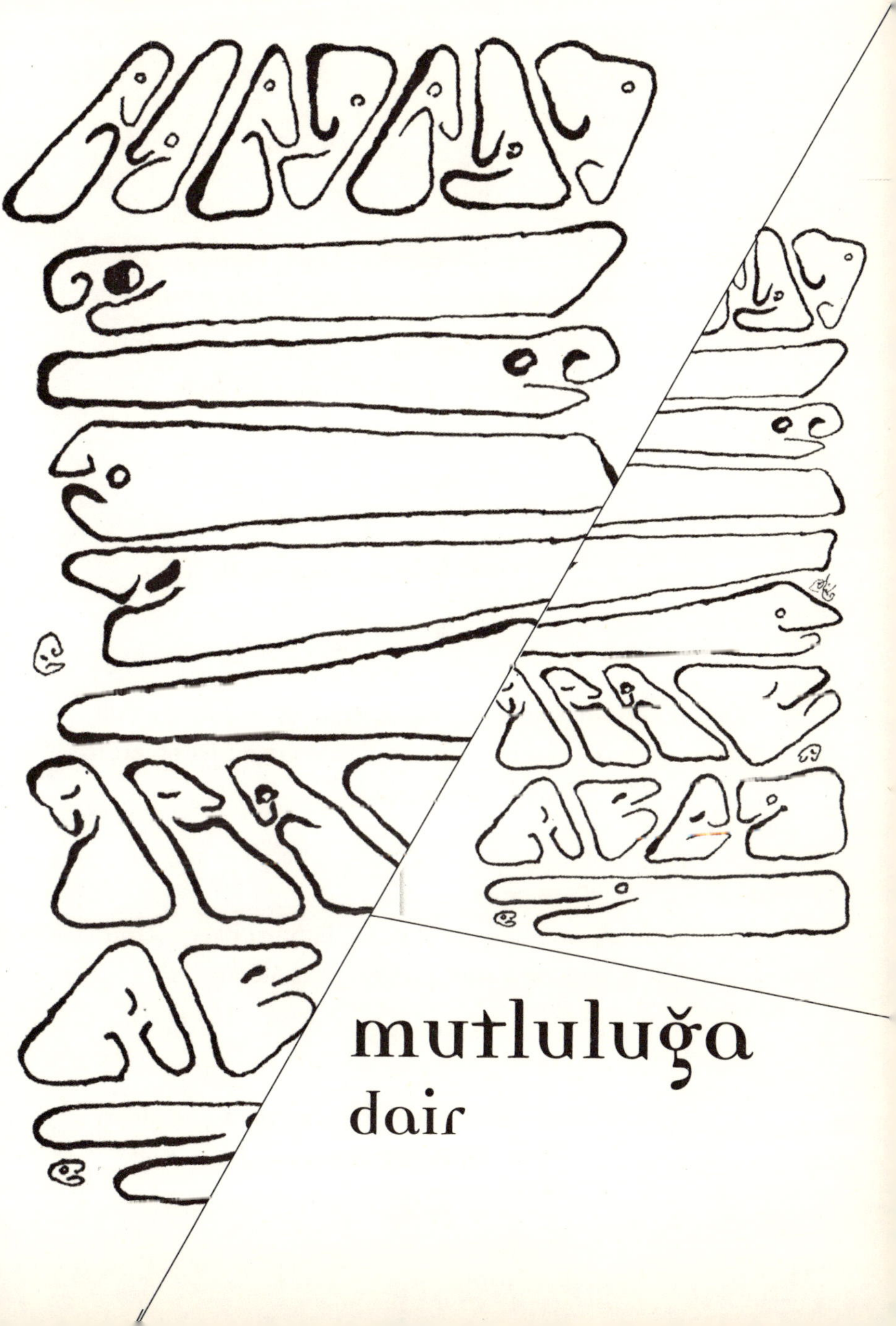

mutluluğa dair

Mutluluk dediğiniz nedir ki? Biraz güvenlik,
biraz da can sıkıntısı.

Mutluluk ya geçmişte kalır ya gelecekte düşlenir.

Tam tersi sanılır ama hayatta normal olan huzursuzluk durumudur. Huzur ise çok zor yakalanan ender anlardır olsa olsa.

Mutluluk uğruna bilincinizi ve vicdanınızı bastırmanız gerekiyorsa durup düşünmek gerek.

Mesele sadece mutluluk değil. Önemli olan, yaşadığın hayatın bir anlamı, bir değeri olduğunu hissetmek.

Mutluluk bizi sarıp sarmalayan dostlarımız, paylaşma duygusu, erdemli kalma onuru.

Zenginler servetlerinin kendilerine ruhsal bir ayrıcalık, özel bir mutluluk getirmesini bekliyorlar. Oysa bu mümkün değil.

Egemenlik alanını belirlemek için ağaçların altına fışkırtıp sonra kendini bu sınırlar içinde güvenli hisseden köpeklere benziyor insanlar; aşina kokular ve aşina eşya arasındaki bir mutluluk bu.

Bedensel zevklere adanmış yaşamlardaki tatminsizlik ve mutsuzluk kimsenin gözünden kaçmaz.

Yüze yansıyan mutluluk insanı biraz aptal gösterir.

Bilinç mutsuzluktur. "Bilinç beni mutsuz etti, önceki halime döneceğim" diyemezsiniz. Üstelik huzursuzluktan dolayı, geldiğiniz yerde de duramazsınız.

Sürekli mutluluk diye bir şey olamaz.
Ancak mutlu anlar vardır.

Geriye baktığımda, sürekli olarak duygularımla
düşüncelerimin çatışması arasında kaldığımı görüyorum.
Zor bir savaş bu.

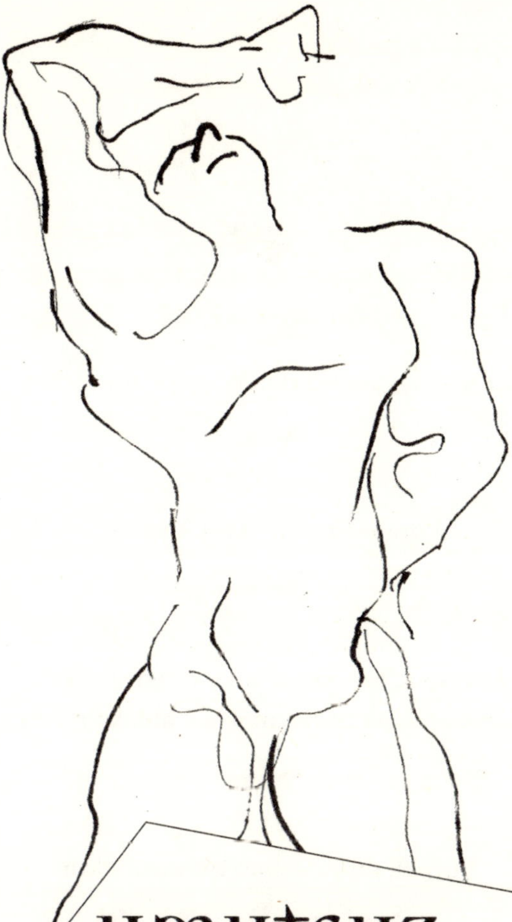

umutsuz yaşanmayacağına dair

Umut, hayata müdahale etme iradesidir.

Umutsuz olanın atı koşmaz.

Umutsuzluk, yaşama ve doğaya aykırı.
Umutsuzluk paylaşmak ise ahlaka aykırı.

Sürekli umutsuzluk bir hastalıktır.

Umutsuz olmayı gerektirecek koşullar yoğunlaştıkça,
umuda duyulan gereksinim de artar.

İnsan, umudunun bir kısmını kaybederse üzgün görünür
ama tamamen umutsuz kalınca umut yaratır.

En umutsuz Schopenhauer, en umutlu ise eserlerinin
sonunda hep bir ışık gören Dostoyevski.
Umutsuz eserler vermek entelektüel dünya için çekicidir
ama okuru yanlış etkiler.

Sürekli umut ve sürekli umutsuzluk gibi bir
ruh durumu olamaz.

iyiliğin ve kötülüğün kardeşliğine dair

Bir yerde kötülük varsa, oradaki herkes biraz suçludur.

Din coğrafyaya bağlı bir koşullanma. İskandinav inancının cehennem tasviri olan sonsuz buzul, çöldeki insana ferahlama gibi gelir.

Kötülük, aptallıktan beslenir.

Gece ve gündüz birbirinin yardımcısı. Onlar birbirine zıt değil. Dünyada hangi şey kötüdür ki onda iyilik olmasın ve hangi şey iyidir ki onda kötülük bulunmasın?

Bir insan, kendisine yapılan kötülükleri karşısındakilere aynen uygularsa doğru davranmış olur mu?

Aynı denizde yaşayan köpekbalıklarının kötü, yunusların iyi olması neyle açıklanabilir? Aslında köpekbalığı neye göre kötü, yunus neye göre iyi?

İnsan soyu kötü!
Savaş, şiddet, yıkım yaratıyor.
İnsan soyu iyi!
Şiddete ve ölüme sanatla karşı koyuyor.
İnsan soyu hem iyi hem kötü!

İyi insanlar genellikle tek tektir, oysa kötülük örgütlü.

Kötülük de iyilik de şartlara bağlı.

Kötülük ve iyilik bir tek şeydir, parçalanamaz. İyilik, kötülükten ayrı değil. Bu yüzden içimizde sadece kötülük isteyen bir yaratık bulunamaz.

Kötülük çoğu zaman korkudan kaynaklanır.

İntikamcı bir tanrı, kötülerin maskesidir.

Dinler, bulunduğu bölgenin koşullarıyla, zihniyetiyle, mitolojosiyle ve ahlak anlayışıyla oluşmuş bir ödüller ve cezalar zinciridir.[3]

İyiliğin de kötülüğün de kaynağı insan beyni.

Yıllar içinde insanların kalbi yüzüne yansır. İyi niyet de yüze vurur fesatlık da.

En kötü sandığımız kişinin bile içinde en azından bazı insanlara karşı derin bir sevgi yeşerdiğine, zaman zaman dostluğun sıcaklığını özlediğine inanıyorum. İnsanlara güvenmeyip kuşkulu, kapalı, acılaşmış biri olarak yaşamaktansa, yüreğimi açıp üst üste yara almayı tercih ediyorum.

En iyi yaşam biçimi, düşman yaratmadan yaşamak. Düşmanla baş edebiliyorsunuz ama ömrünüz, paçalarınıza dolananları kovalamakla geçiyor.

Düşmanlarım kendimi ne kadar acımasızca eleştirdiğimi bilseler, aleyhimde yazdıklarını yetersiz bulurlardı.

Merhamet keskin bir kılıç; gösterenin kabzasından tuttuğu ama karşı tarafı yaralayan bir silah.

Sanatın görevi, insanlara daha iyi bir dünyanın mümkün olduğunu hatırlatmak.

Bu dünyada sana kötülük yapmak isteyen insanlar çıkacak karşına ama unutma ki iyilik yapmak isteyenler de çıkacak. Kimi insanın yüreği karanlık, kimininki ise aydınlıktır. Geceyle gündüz gibi! Dünyanın kötülerle dolu olduğunu düşünüp küsme, herkesin iyi olduğunu düşünüp hayal kırıklığına uğrama!

egoya hırsa başarıya dair

En temiz, en dürüst, en akıllı sizsiniz, kalan herkes ise aptal ve cahil. Ancak hasta bir zihin buna inanabilir.

Tarih boyunca kitleleri felakete götüren öğe, liderlerin egosu olmuştur.

Kararlarınızı kendinizin verdiğinizi sanıyorsunuz ama egonuz veriyor.

Kibir kadar, insanı sevimsiz gösteren bir duruş yoktur. Üstelik o kişinin aptal olduğunu da vurgular.

Zayıflığını gösterecek kadar güçlü ol.

Her insan biraz narsisttir, yoksa yaşayamaz. Ama fazlası insanı korkunç gösterir.

Özbeğeni kötüdür, özsaygı ise gerekli.

Eğer büyük mutasavvıfların gözüyle bakabilseydik, kendimizi daha iyi görür, sığlık ile derinlik, büyüklük ile küçüklük, varlık ile yokluk arasında gidip gelen bencilliğimizi daha iyi denetleyebilirdik.

Tarih okumanın faydalarından biri, insan hırslarının gülünçlüğünü anlamak olmalı. Mezarlıklar hırslı insanlarla dolu.

Herkeste bir ego var ama bu sınırsız bir güce kavuşmamalı, insancıl bir kültürle, dostlukla, fedakârlıkla, sevgiyle dengelenmeli.

Gözler hırsı saklayabilir ama ağız saklayamaz.

Yargılanmak istemiyorsan yargılama, aşağılanmak istemiyorsan aşağılama, herkese hizmet et, bu hizmetten zevk al.

Bilgelik, egoyu denetim altına almak demektir.

Ego ne kadar küçülürse, kişi o kadar büyür.

Makamıyla, parasıyla, şöhretiyle övünenler beni güldürüyor. Sonunda "ben" denilen varlık, kozmik sonsuzlukta bir an yanıp sönen bir ateşböceği bile değil.

Bütün dinler egoyu terbiye etmek, hatta sindirmek üzerine kurulmuştur.

Din kitapları insana bu dünyanın geçici bir sınav yeri olduğunu, dünya zevklerine kapılmamak gerektiğini, asıl yaşamın öbür dünyada olduğunu vurgular ve sürekli olarak ölümü hatırlatır. Çünkü ölüm egoyu da öldürecektir.

Gerçek, derin, tutkulu, özverili, canını verecek, kendi kimliğini silip eritecek, yok edecek kadar büyük bir aşk... Böyle bir esrimenin karşısında ego yaşayamaz, insan üzerindeki egemenliğini sürdüremez.

Düşünceye ve bilime duyulan saygı, egonun önüne geçmedikçe tartışma yapılamaz.

Başarı bir virüstür. Bulaşıcı bir hastalık kaynağıdır. İnsanlığın içinde çeşitli alanlarda ilerler, yayılır ve kişilikleri bozar.

Hiçbir Dionysos şenliği sonsuza kadar sürmez, er geç Apollon egemen olur.

Yapılan işin ve hayatın amacının "başarı" olması, büyük bir sorundur. Yoksa kendiliğinden ortaya çıkan bir sonuç olarak başarı başka bir şey.

En büyük tehlike, yeteneği kıt, ihtirası bol insanlardan gelir.

Loser sözü pek sevilir oldu.
Çarmıhta can veren İsa kazanan mıdır, kaybeden mi?

"Sen benim kim olduğumu biliyor musun!" böbürlenişi, öfke şehvetine kapılmış insanlar yaratıyor. Bu soruyu sorana demeliyiz ki: "Evet, senin kim olduğunu biliyorum. Bir dakika sonra başına ne geleceğini bilemeyen bir fanisin."

Birtakım insanlar var: İçlerinin şarkısı bitmiş, sadece gövdeleriyle yaşıyorlar.

İç yüzünü bilince dış yüzüne katlanmak zor.

Ömrüm, içimdeki Dionysos ile Apollon'un savaşından yorgun düşerek geçti. Çünkü birinin yanlış dediğine öteki doğru diyor.

Ortadoğu insanı, kendisine bile zarar verecek kadar kıskançtır.

Soyut bir şan-para-iktidar dünyasının pırıltısı yüzünden
hastalanıyor insanlar. Gençlikten sonra ve
yaşlılıktan önceki kısacık süreyi bir cehennem
içinde geçiriyorlar.

Kendini tanımak iyi ama insanın geçirebileceği en zor sınav.
Çoğunluk kendini tanımadan ölür.

Tanrım beni kendimden koru.

Her insan gece yatarken Don Quijote'tur.
Sabah uyandığında ise Sancho Panza.

Düş görürken egolarımızdan sıyrılırız.

Benden tavsiye isteyenler oluyor.
Söyleyeceğim tek şey şu: Bir an dur, geri çekil, yaptığın işi
ve hayatını gözden geçir ve "Değiyor mu?" diye sor.
Cevap olumluysa devam et.

varlığa ve yokluğa dair

Her insan bedeninin çürüyeceğini bilir ve bundan korkar.
Ama çoğu insanın ruhu gövdesinden önce çürür;
nedense kimse bundan korkmaz.

Varlığın anlamını bilmiyoruz ki yokluğu anlayalım.

Okuduğumuz her kıymetli eser, insanın varoluşunu
anlama çabasıdır.

Var olmak da bir mucize, yoktan var olan iki embriyonun,
basılı bir selüloz aracılığıyla düşünce ve
duygu alışverişi kurması da.

Varlık yokluktur, yokluk da varlık! Hepsi gören göze bağlı!

Rüyalar hayatın en büyük gerçeği;
kendin olduğun ve gerçek bir insana dönüştüğün tek an.

Rüyalar tam olarak anlatılamaz.
Çünkü hissettiğiniz atmosfer, olaylardan daha önemlidir.
Tıpkı iyi sanat yapıtlarındaki gibi.

Rüyalarda genellikle gören kişi mağdur rolündedir.
Çünkü bilinçdışı korkuları etkili olur.

Sanki varoluşumuz, yaşamımız,
birtakım anlamsız, saçma sapan rastlantılara
bağlı değil de daha derin, kavrayamadığımız
bir anlama sahipmiş gibi duyumsarız
ve itiraf etmesek bile bu herkesin hoşuna gider.

Benim rastlantılar sonucunda var olmam sayesinde
yazabildiklerimi, yine rastlantılar sonucunda var olan
siz okuyabiliyorsunuz; uzayın ve zamanın sonsuzluğunda
birbirinin yanından geçen iki küçük meteor gibi.

Doğduktan sonra bize verilen isim varoluşumuzun bir parçası haline gelir. Ama bu ismi yirmi kere tekrarlarsanız yabancılaşırsınız. Alışık olduğunuz isim, yabancı bir sözcüğe dönüşür. Böylece size konulan ismin yapay bir şey olduğunun, varlığınızın bir parçası olmadığının derin bilincini duyumsar, şaşırırsınız.

Zaman zaman "varoluş korkusu" denebilecek bir ruh ürpermesi içine gireriz, aynaya baktığımız zaman kendimizin seçmediği yüzlerimizin ne anlama geldiğini çözmeye çalışırız.

İnsanın biyolojik fonksiyonlarına aşırı bir anlam yükleme çabası içerisindeyiz. Çünkü hiçlik zor geliyor.

Yok oluş duygusunun da insana bir zevk sağladığını bilmiyor musun? Her aklı başında insanın ulaşmaya çalıştığı değerleri elinin tersiyle bir kenara itiverme yoluyla kendisini ve karşısındakini aşağılamak. Dostoyevski'nin temel itkisi.

Bir kere var olduktan sonra artık sonsuza kadar varsınızdır; var olmamış kategorisine geri dönemezsiniz. Ölüm bile sizi bütünüyle yok edemez.

Varoluşçuluk akımının, sosyalizme giden yolu açtığını
söyleyebiliriz. Bütün kurum ve geleneklere kafa tutmayı,
onları reddetmeyi Varoluşçuluk öğretti.

Bazen lütuf gibi görünen şey cezadır.
Bir ipekböceği kozasını örerken, salt bu yüzden
kaynar suya atılarak öldürüleceğini bilmez.
Tıpkı altın, elmas ve petrolleri olan ülkeler gibi.

Ölüm en büyük öğretmendir.

En büyük cesaret ölümlü olduğunu bilerek yaşamaya
devam etmek.

İnsan soyunu bu kadar çılgın bir tür haline getiren ve
birbirine kıymaya götüren itki, öleceğini bilen tek canlı
olması. Ölüm bilincimiz olmasaydı,
daha iyi bir dünyada yaşardık.

Çocuklar ölümü bilmez ama ne yazık ki ölüm çocukları bilir.

İşin korkunç yanı ölmek değil, ölüm korkusu.

Ölümün kıyısı, ölümün kendisinden daha feci bir şey.

Yeryüzü korkusu, yaşam ürkekliği, geçici olmanın yarattığı yürek burkulması... Yani boşluk, büyük bir boşluk. İnsanın temel duygusu bu.

İnsanlar ölmek istemiyor ama yaşlanmak da istemiyorlar. Aslında yaşlanabilmek geç ölmek demek... Ya yaşlılıktan korkacaksın ya da ölümden.

Ölümlü olduğunu bilmek insan soyuna verilmiş en korkunç ceza. Hayat bilinmez olmalı; nasıl yaşayacağını, ne zaman kaza geçireceğini, hangi hastalıklara yakalanacağını, nasıl öleceğini bilen bir insan, Endymion'un[4] kaderini paylaşıyor demektir ve dünyadaki hiçbir ölümlü bu yükü taşıyamaz.

Bedenden önce zihin çökerse insan daha rahat ölür. Tersi işkence.

Hayvanlar ölümü hissediyor ama insanlar, bildiği halde
anlayamıyor. Algılama gücümüzü zorlayan bir durum bu.
Hayatımıza, varoluşumuza yüklediğimiz
hiçbir kavramla bağdaşmıyor.

İnsan mitoslar yaratmak, etrafını hikâyelerle örmek zorunda.
Hikâyesiz kalan insan ölüyor.

Ahirette bir tek felsefi sorun olabilir;
o da tekrar dirilmek.[5]

İnsan, ölülerini toprağa gömüp
gökyüzüne gitti diyen bir tür.

Bazıları toprağa gömülür, bazıları halkın kalbine.

Ölen her yakınımızla birlikte
Azrail'in selamını alıyoruz.

Ölüler için zaman sonsuzdur, mekân ise sınırlı.

Her insan en önemli töreni kaçırır:
Cenaze törenini.

Anadolu'nun kadim geleneklerine göre her acının ilacı yemektir. Ne kadar üzüntülü bir olay yaşarsan yaşa, yemek tedavi edicidir. Yemek hep "ölmüşlerin ruhu için" yenir. Sanki o ruhlar, besinlerden yararlanacakmış gibi... Bu âdetleri yargılayanlara ve küçümseyenlere kızarım. İnsan soyunun teselli için binlerce yıl içinde geliştirdiği formüllerden birisidir bu ve bence gereklidir.

İnsanın hayattaki başlıca görevi kendine iyi bakması ve mümkün olduğu kadar uzun yaşaması.

Hedonizmin[6] en büyük çelişkisi, ölüm bilincinin yoğunluğunu artırması ve yaşamla kontrastını ortaya çıkarması. Bu yüzden "yaşamda sadelik, düşüncede ihtişam" hiçbir zaman etkisini yitirmeyecek bir ilke.

Ölümlü yaratıkların üstünlük iddiaları kadar trajikomik
bir davranış zor bulunur.

Ölüm olmasaydı her şey anlam kazanırdı.

"Ölenle ölünmez" denir ama bazen ölenle ölünür.

Samimi bir müminin inancını çürütmeye
çalışmak vicdansızlıktır.

Marx "Din halkın afyonudur" derken haklı ama bazen
insanın afyona da ihtiyacı olur.
Özellikle büyük acılar çekerken.

Elbette ölüp gideceğiz ama diyorum ki bir görelim şu
memlekette güzel günler olduğunu da öyle ölelim.

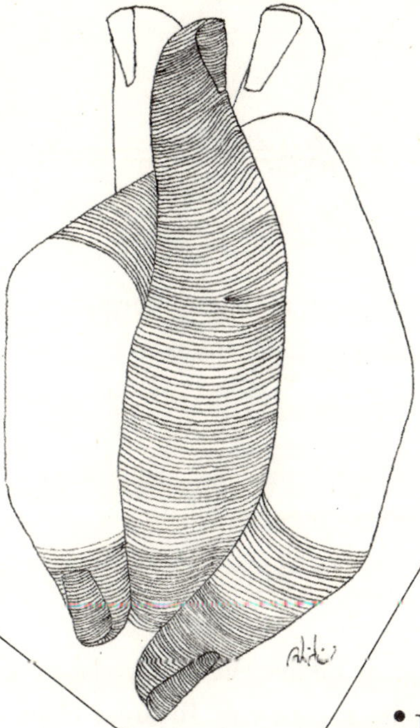

Hikâyenin gerçekliğine, gerçeğin tuhaflığına dair

İnanın bana hayatın tek gerçek yanı kurgudur. Yani hikâyelerde anlatılanlardır.

Gerçekler hep tuhaftır.

Gördüğünüz her şey bir hikâye. Ve nereye kadar gerçek olduğunu bilmemize imkân yok. İnsanlar birbirine durmadan yalan söyler.

Hikâyeler nerede başlar, gerçekler nerede biter bilinemez.

Her insanın hikâyesi, bizi kendi başımızdan geçen olaylar kadar yakından ilgilendirir. Yeter ki kendi gerçekliği içinde kavransın.

Edebiyat, gerçekten daha gerçektir.

Gerçek her zaman iyi midir? Daha doğrusu gerçeği ortaya çıkarmak her zaman iyi sonuç verir mi, yoksa yaşayabilmeleri için, insanların sahte dünyalarına göz yummak daha mı doğru?

Düşünceleri hayatın gerçekliği mi belirliyor ruh halimiz mi?

Gerçeğin farkına varan insan, bir daha onun farkında olmadığı zamana dönemez.

Gerçeğin bir parçası, gerçek demek değil.

Hayat sadece bizim algılarımıza göre gelişmez ve gerçek, bilgilerimizle sınırlı değil.

Gerçekliğin bir yönünü veya bazı yönlerini yok saymak, yaşamın dengesini bozar.

Bir simgeler toplumunda yaşadığımızı düşünüyorum.
Hiçbir şeyin gerçekliği önemli değil.
Ne, nasıl, kim tarafından sunuluyor; o önemli!

Gözünüzü kapatmanız manzarayı değiştirmez.

Hayvanlarda ölüm bilinci olmadığı için mitolojisiz yaşayabilirler ama insan yaşayamaz. Mutlaka kendisine bir sığınak bulmak zorunda. Çünkü gerçeklere dayanamaz. Bu bazen Sümer, Yunan, Mısır mitolojileri gibi karşımıza çıkar bazen de tek tanrılı dinlerin mitolojisi olarak.

Gerçek insanı korkutur. Bu yüzden yalan dolan ve hurafeyle boğulur, örtülür ve yasaklanır.

Toplumun en büyük ihtiyacı, kendine gerçekçi sorular sorması ve gerçekle, çıplak gerçekle göz göze gelmesi.

Hiç kimse kendi yüzünü göremez,
ancak yansımasını görür. Toplum da böyledir.
Toplumların aynası sanat, felsefe ve bilimdir.

Bir toplumda en büyük iki tehlike;
gerçekle olan ilişkinin kesilmesi ve
ahlaki kavramların yozlaşmasıdır. (2006)

Ütopyaları öldürdüler,
şimdi distopyalar çağındayız.

bedenin ve ruhun yaşına dair

Bazı kelebek türlerinin bir günlük ömrü,
hücre bölünmesinin hızlı olmasından dolayı, insanın seksen yılına denktir. Bu durumda yetmiş yaşında ölen bir insan mı daha uzun yaşar, yoksa yirmi beşinci saatini gören bir kelebek mi?

İnsanın olgunlaşması: Eski düşmanlıkları unutmak ve dostluklara daha derin, daha sıkı bağlarla sarılmak.

Çocukluk bir insanın küçük yaşları değil, bambaşka bir evrendir.

İnsan, yetişkin hırslarından arınmaya başlayınca, çocuk saflığına tekrar dönme olanağına kavuşuyor.

Çocuğun masumiyeti ve insanlığın
kirletme gücü sonsuz.

Çocuklarda empati yoktur. İnsan geliştikçe bu duyguyu ve düşünceyi kavrar.

Çocuklar ancak başka çocuklarla birlikte sevinebilir, coşabilirler. Oysa modern oyuncak dünyası her çocuğu derin bir yalnızlığa mahkûm ediyor. (1992)

Bir kız çocuğu büyümez, kaç yaşına gelirse gelsin asla büyümüş gibi hissetmez kendini. Son nefesini içi arzularla, heyecanlarla dolu bir kız olarak verir.

Rüzgârlar hep gençtir;
ihtiyar bir rüzgâra rastlayamazsınız.

Gençliğin sevdiği ve tuttuğu her şey, toplumun dönüştürücü gücünü oluşturur.

İhtiras gençlik döneminde kalması gereken
bir manevi yakıt.

Yaşlanan insan artık yarışta değil jüridedir.
Altın değil sarraftır. Değerlendirilen değil, değerlendirendir.

Yaşlanan insanların bir kısmı olgunlaşmış olarak, bir kısmı
ise olgunlaşmadan ölüyor. Bunun püf noktası ise bir insanın
"Nasıl görünüyorum?" sorusundan,
"Nasıl görüyorum?" aşamasına geçmesi.

Bazen beden deforme oldukça ruh forma kavuşur.

Yeni bir üslup yaratmalı insan yaşlılık döneminde.
Haksızlıklara, sömürüye, çirkinliklere onca yıl tanık
olmanın ve her şeye rağmen, kötülüğün mutlak egemenlik
sağlayamadığını görmenin bilgisiyle;
sakin bir itiraz geliştirmeli.

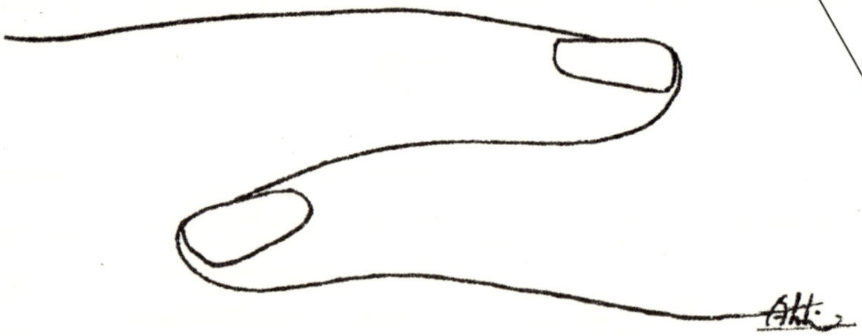

erkeğin kadından üstün olmadığına dair

Uygarlık, kadın ve erkeğin birlikte oluşturduğu bir kavram. Sadece erkeklere ya da erkek üstünlüğüne dayanan bir toplum uygar değildir. Olamaz da!

Erkeğin kadınla ilişkisi tarih boyunca zulüm ilişkisi olagelmiştir.

Kadınların katmanları vardır. Erkek hangi katmana kadar inebildiyse o kadar tanır kadını.

Kadınlar beğenilmek, arzu edilmek ister, erkekler ise egolarının şişirilmesini. Bütün bunları bize yakın hayvan türlerinde de gözlemek mümkün.

Mahalle gençleri "Kitap gibi kadın" derler,
"çevir çevir oku!" Böylece, kendileri için iki değişik,
yabancı ve bilmedikleri kavramı yan yana getirmiş olurlar:
Kitap ve kadın. Kalan ömürlerini kadını okumaya,
kitabı da okumamaya adayacaklardır.

Erkek kadını bir kale gibi fetheder,
sonra o kalenin esiri olarak yaşar.

Gelişmiş kadının modern dünyadaki trajedisi,
erkekler evleneceği kızı değil,
kızlar evleneceği erkeği seçene kadar sürüp gidecek.

Bir kadın, topuklarının sesinden ürkmüyor,
tam tersine bununla meydan okuyan bir ritim tutturuyorsa
kendine güveni tam demektir.

Tek tanrılı dinlerde Allah baba bir erkek modeli olarak
gelişti. Halbuki ondan önceki dönemde
her dinin tanrıçaları da vardı.

Sanılanın aksine kadınlar daha pragmatik,
erkekler daha hayalci.

Kadın, erkek gibi yok edici olamaz. Çünkü bir insan
doğurmanın ve yetiştirmenin ne demek olduğunu bilir.
Erkek gibi dölleyip yoluna gitmemiştir o.
Çocuk doğurmanın acısını, sancısını çekmiş, canından can
kopmasının şiddetini yaşamıştır. Sonra o çocuğu emzirmiş,
beslemiş, yirmi yıl üstüne titremiştir. Belki de ileride,
bu çıldırmış dünyayı kadınlar düzeltecek.

Canından can kopan bir annenin feryadı,
cümle yaratığın en soylu çığlığıdır.

Psikopatların tamamındaki anne saplantısı,
sadece Oedipus'la açıklanamaz.

Ülkeleri dişi ve erkek olarak ayırırım.
Mesela İskandinav ülkeleri, Fransa, İtalya dişidir;
Almanya, İspanya, Amerika ise erkek.

Freud'un cinsel dürtüleri olmasaydı tamamen
farklı şeyler yazardı.

Erkek erkeğe yaşayan bir toplum yarımdır,
hastadır ve tehlikeli patlamalara gebedir.

Siz bakmayın kavgacılara.
Dünya, hâlâ, gözleri bir anda doluveren, buğulu ve çabuk
incinen kadınların peşinden gidiyor.

Terslik, özgürlüğü erkekleşme gibi anlayarak
kadınlığı küçük düşüren ve doğalarını
değiştirmeye çalışan kadınlarda.
Emancipation değil *MANcipation* denebilir buna.

Besinsiz gıda,
konusuz roman ve özverisiz ilişki sahtedir.

aşkın gücüne dair

Güzellik, mutlak bir iktidar biçimidir.

Egoyu sadece aşk yener.

Aşk, bir uçurumun kıyısında gözü bağlı yürümek.

Bu dünyada bir insana kendi çıkarının tersine işler yaptıran duygu aşktan başka ne olabilir?

Yakıcı aşklar, sadece Doğu'ya mı özgü, bir çeşit harese[7] mi, insanın kendini helak ettiği? "Ah minel aşk" sözü başka dile çevrilebilir mi?

Eğer Adolf Hitler gençliğinde sırılsıklam âşık olduğu
bir kızla birlikte yola çıksaydı,
işler o noktaya gelir miydi?

Bir insanın başka bir insana verebileceği
en büyük hediye aşktır ve aşk, bir insanın, egosunu,
başka bir insan karşısında yenmesidir.

Kendi varlığını başka bir varlık içinde
eritmek isteyen kişi çok güçlüdür.
Yenen değil yenilen olmak ister; kazanan değil kaybeden,
bencillik değil fedakârlık yapan olmaya çalışır.

Karasevda!
İşte insana çılgınlıklar yaptıran duygunun adı bu.
Karasevdayla aşk farklı birbirinden.
Asıl tehlikeli olan karasevda.

Birinin sana âşık olması,
içindeki narsisti besleyen bir şey.

Aşk hali: Bir başka kişi üzerinden kendini sevme eylemi.
Tercih edilmiş olmanın sarhoş edici hazzı.

Kıskanmayı bile unutmak.
Onu mutlu eden her şeyi ve herkesi sevmek...
O noktada sahiplenmek biter, aşk kalır.

Aslında hayat aşkla ölüm arasında bir sarkaç değil mi?
İnsanlığın bütün macerası bu iki kelimeyle anlatılabilir.

Hayat, sevda sarhoşluğu ile ölüm korkusu arasında
bir çırpınma.

Aşk, türün devamı demek; ölüm ise yok oluş.
İkisi de doğa yasası. Aşkı hayatla eş anlamlı olarak kullanıp
ölümün karşısına koyabiliriz. Aşk ölüme direnmektir.

Aşk, utanç duygusunun ortadan kalkması demek;
iki kişinin birbirine karşı hiçbir şeyden,
hiçbir düzeysizlikten utanmaması demek.

Sevda, beklemediğin anda başına gelen bir hışım,
bir kasırga, bir yıldırım.
Her an başına gelebilir ölümcül bir kaza gibi.[8]

Araplar sevdaya garâm diyor,
aşk ise sarmaşıkların sarılması anlamında ve
belki de sevdaya daha çok yakışan bir söz.

Kimi zaman başlangıçta âşık olan kadın ya da erkeğin duyguları zamanla söner, ona pek aldırmayan karşı taraf ise kul köle olur, sevda başına vurur.

İki insan birbirini tanıdıkça değişim kaçınılmaz.

Kadınlar ayrı sever, erkekler ayrı.
İki ayrı sevme biçimi var sanki:
Dişil aşk, eril aşk.

Aşk, günümüzde bir pazarlama aracına dönüştü.
Aşk dendiğinde adeta küçülüyor her şey.

Bu dünyada o kadar çok aşk sözü ediliyor ki, adının
anlamını düşünmediğin gibi aşkın anlamını da
düşünemiyorsun artık. Kapitalizmin mal satmak için
kullandığı sözcüklerin başında aşk geliyor.

Sevişirken iç içe geçen, solukları karışan, birbirine en yakın
hale gelen insanların, sonradan bu kadar yabancılaşmasına,
hatta can yakmaya çalışmasına hep hayret etmişimdir.
Önce en büyük haz, sonra en büyük düşmanlık.
Ne tuhaf!

Sevdalılar arasında kavga,
birbirlerinin egolarını keşfetme anlamına gelir.

Bazı evliliklerin değişmez trajedisi şu:
Aşk geçici, kavga ebedi.

Flört para harcama, evlilik ise tasarruf dönemidir.

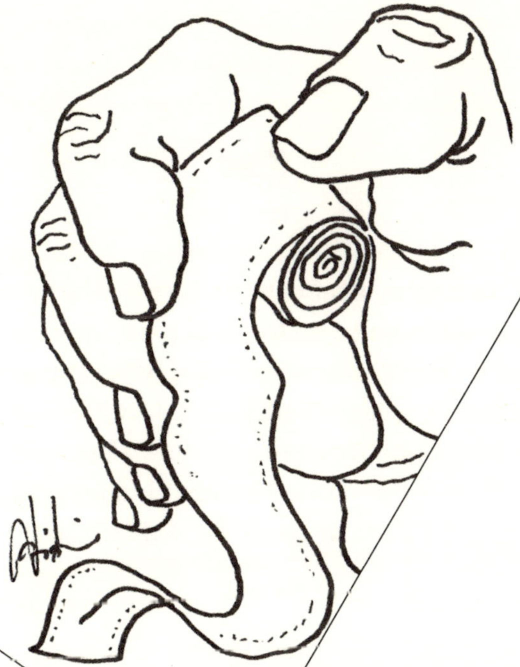

değişimin

sürekliliğine dair

Toplumlar dinamiktir ve sürekli değişir.
Ama en kesintisiz ve en hızlı gelişen toplumlar bile,
doğrusal biçimde ilerlemez. Tarihe ne kadar yakından
bakarsak o kadar keskin zikzaklar görürüz.
Hatta insan ömrü ölçeğinde yaklaşırsak,
sık sık iniş periyotlarıyla karşılaşırız. Uzaklaştıkça, gelişim
çizgisini daha doğrusal biçimde algılarız.

Dünyayı insanlar değiştiriyor ve değişen dünya,
insanları tekrar değiştiriyor.

Dünyanın değişiyor olması insani değerlerin reddedilmesi
anlamına gelmez.

Değişmeyecek olan tek şey, iyi insanların yaşam susuzluğu,
doğa sevgisi, aşk ve adalet duygusudur.

Düşünceler değişir, tabular yıkılır, değer yargıları tümden
yok olur, ideolojiler eskir, yerini yeni öğretiler alır.
İnsanlığın halleridir bunlar.

Dünya her çağda olduğu gibi şimdi de değişmekte.
Ama bu Mars'tan gelen uzaylıların yarattığı yepyeni,
hiç tanımadığımız bir dünya değil.
Dünyanın değişme ekseni köklü insan değerleri ve
insan soyunun kültürel birikimidir.
Ya da öyle olmalı.

Sadece tahılların DNA'sıyla oynanmıyor,
bir halkın DNA'sı da değiştirilebiliyor.

İnsan kendi olmaktan çıkabilir mi, bambaşka bir kişiye
dönüşüp başka bir hayat yaşayabilir mi?

İnsan mı olaylara göre değişir,
yoksa olaylar mı insana göre?

Herkes hayatının bir döneminde
kendi metanoyasına ulaşmalı.

Hayat herkesi değiştirir hem de hiç beklenmedik biçimde.

Yaşam biçimi, düşünceleri dahil olmak üzere,
insanın her şeyini değiştirir.

Bugün bizim dişlerini idrarla ovan Romalılara şaştığımız gibi
ileride belki bizim davranışlarımıza da şaşacaklar.
O dönemde Roma "sosyetesi"ne dişlerini Portekiz idrarıyla
ovmak çok kibar, çok asil ve çok *in* bir davranış gibi
geliyordu. Bugün de bizim sosyetemize *in* gelen şeyler
kim bilir zaman içinde nasıl görülecek?

Bize mutlak görünen şeyler o kadar da mutlak değil.
Sağlıklı, kibar, ahlaklı, doğru, vatansever, ahlaksız, kötü, iyi,
başarılı, başarısız, pis, temiz bulduğumuz kavramlar zaman
içinde değişe değişe günümüze gelmiş ve
bundan sonra daha da değişecek.

Zaman içinde hiç kimse aynı kişi olamaz.

Sanatta, geleneğe sahip olmadan
devrime ulaşmak mümkün değil.

Tuhaf bir ülkede yaşıyoruz: Devrim sözü suç, evrim sözü suç. Geriye bir tek olduğu yerde saymak kalıyor. Ya da geri gitmek.

Dünyayı değiştirmek isteyen kuşakların yerini, kendi hayatını değiştirmek isteyen bir kuşak aldı.

Her kuşak, kendisinden sonra gelenleri eleştirmiştir. Eğer bu eleştiriler haklı olsaydı, dünyanın şimdiye kadar çoktan batmış olması gerekirdi.

Üslup değişirse her şey değişir.

düşünmenin ciddiliğine, entelektüele ve aydına dair

Düşünmek ciddi bir iş. Milyonlarca ayrıntıyı gözden geçirmeyi gerektirir. Tabular dahil her şeyi sorgulamaya açık bir beyniniz olmalı. Soru sormaya engel olan dogmalardan, düşmanlıklardan, önyargılardan, kamplaşmalardan kurtulmalı düşünen insan.

Düşünmek; önyargılardan, önkabullerden, fanatizmden, kavgadan, karşı tarafa laf sokma şehvetinden, ideolojiden, siyasetten, polemikten, aidiyetten, klişeleri tekrarlamaktan başka bir şey.

Düşünmek hızlıca yapılabilecek bir iş değil.

Bir ulus nasıl otomobil kullanırsa, öyle bina yapar. Nasıl bina yaparsa, siyasette de öyle davranır. Nasıl eğlenirse, öyle düşünür.

Halk kültürümüzde düşünme eylemini öven bir tek söz yoktur. Ama tersi örneklere bol bol rastlanır. Böylece insan soyunun en soylu eylemlerinden birisi olan düşünmek, bu toprakların geleneğinde yararsız, gereksiz, hatta tehlikeli ilan edilmiştir.

Kitap ile düşünme arasında doğrudan bir bağ var.

Biz denizi düşünüyoruz. O bizi hissetmiyor mu, başka düzeyde bir düşünme biçimi yok mu?

Karşıtlarım da dile getirdi diye
kendi fikirlerimden vazgeçemem!

Nietzsche asıl yeteneğinin şiir ve müzik alanında olduğunu düşünüyordu. Aforizmaları da yaratıcı gücünü vurguluyor zaten. Wagner onun müziğini beğenmediği anda hayranlığı düşmanlığa dönüştü. O düzeydeki insanlarda bile rekabet önemli.

Düşünen adam, gülebilen adamdır.

İnsan düşündüğü gibi yaşamayı kendi seçer
ama yaşadığı gibi düşünmeye mahkûm olur.

Cevap verme, çok soru sor.

"Acaba"sı olmayan insanlarda düşünmek diye bir süreç yoktur. İnsanlar düşünme süreçlerinden uzaklaşıp düşünceye sahip olmak eğilimine yöneliyor.

Düşünmenin temel ahlaki ilkesi sık sık "Acaba?" sorusunu sormaktır. Çünkü her öznel doğrunun gerisinde, gölgeli, kuşkulu bir alan mevcuttur.

"Acaba"sı olmayan insanlar için bu dünyada hiçbir gizem yok. Ne doğum ne ölüm ne aşk ne inanç ne insan ruhunun karmaşıklığı... Onlar her şeyi bilir. Bilmeyenler ise Montaigne, Dostoyevski, Einstein, Nietzsche, İbni Rüşd gibi kafası karışık insanlardır.

Felsefe soru sormaktır. Onu yasaklamak da soru sormayı yasaklamak anlamına gelir.

Dogmalar yoluyla düşünmeyelim; kızarak, öfkelenerek
hayatı kavramış bir tek düşünür yoktur. Her türlü
sezgiye, parmak uçlarınıza gelen ihsaslara açık olmanız ve
bildiklerinizden, size öğretilenlerden sürekli olarak
kuşkuya düşmeniz gerekir. Ne diyor Montaigne;
"Bana doğru gibi gelen bir şey yoktur ki
aynı zamanda yanlış gibi de gelmesin."
Hayat bir ruh halinden ibarettir.

Okuyan insan dünyanın aklına yaslar sırtını.
Aristo'nun, İbn-i Haldun'un arkadaşı olur.

Ayasofya'nın şehrinde keşke filosofya da olsaydı.[9]

Fatih Rumca *Agia Sofia* adını değiştirmedi çünkü
Kayser-i Diyar-ı Rum yani Roma İmparatoru olmuştu.

Dünya düşünce ve kültür tarihi, özgür düşünebilen ve
kafalarını kimseye kiraya vermeyen insanlarla yücelmiştir.
Ne otoriteye kapılanmıştır onlar ne bir tarikat şeyhine ne de
ideolojik önderliğe. Bedelini ödeseler bile
özgür düşünceyi seçmişlerdir.

Herkesin yerine düşünecek kurumlar var:
Ya devlet ya parti ya din.

İnsan toplumları bedenini kiralayanı aşağılar ama kafasını kiraya vereni yüceltir.

Bağımsız kafa yalnızlık getirir.
Kaçınılmaz bir sonuçtur bu.

Sürüden ayrılan insanı hiçbir rejim sevmez. Sürüden ayrılmanın, birey olmanın ve kendi kafasıyla düşünmenin en önemli göstergesi ise okumak ve düşünmek.

Farklı düşünmek, çok zaman düşman kabul edilmenin nedeni olur.

Fanatikler arasında düşmanlık var gibi görünür ama hepsi aynı dili konuşur ve aynı mantığı paylaşır. Tümünün düşmanlık duyduğu tip, "düşünen insan"dır.

Düzeyli tartışmacı bazen rakibinin düşüncesine hayran olur ve bunu belirtmekten çekinmez.

Düzeyli bir fikir tartışmasının ön koşulu, tarafların belli bir terminoloji üzerinde anlaşmış olmalarıdır. Bu da bilgi ve metotlu düşünme alışkanlığı gerektirir.

Omuzlarının üstünde kafa taşıyan herkesin düşündüğünü sanmak en büyük aptallık.

Bir ülkenin düşünce yaşamı, binbir ayrıntıyla, tereddütle, bilimin ve estetiğin bütünleştiği bir noktayı içi titreyerek arayan düşünürlerle gelişir. Böyle bir düşünce ortamında kimin söylediği değildir önemli olan, ne söylediğidir!

Artık filozoflar (özellikle Fransızlar) yeni bir şey söylemiyor, eski düşünceleri yeni ifade biçimlerine büründürüyorlar.

Bilgeliğin, bilgiden çok daha önemli olduğunu yüreğimin derinliklerinde duyuyorum.

Bilge insanın bir gözü ağlar, bir gözü güler.

Bilen insan bilmiyormuş gibi yaşayamaz.

Çekilen acılar bazı insanları çileden çıkararak her şeye düşman ederken, ender olarak bazılarını bilgeliğe kavuşturur.

Lacan "Tatmin, tutkuyu bitirir" der. Âşık Veysel ise tersten yaklaşarak "Seversin, kavuşamazsın aşk olur" demişti. Aynı düşünce.

Ciddi bir entelektüel birikimin en önemli eylemi metotlu düşünmektir. Metotlu, sorumlu ve tabuları zorlayan bir düşünme.

Entelektüel olmak, dünyaya zihinsel olarak, düşünce süzgecinden geçirerek bakma refleksidir.

Entelektüel kelimesi, yaşamının her ayrıntısını
intellect'e yani zihne bağlı olarak yaşayan kişileri belirtiyor.
Yaşamı sokaktan değil de kitaplardan öğrenen,
kavga, aşk, sevişme, mücadele gibi her insani durumu
düşünerek algılayan kişileri.

Entelektüel olmak, bohem bir yaşam biçimi değil,
bir duruş, bir değerler sistemi, bir ahlaki seviye.

Entelektüel olmak bir sorumluluk meselesidir.
Dünyayı düşünerek kavrayanların ve sürekli iç
hesaplaşmalara girenlerin sıfatıdır.

Bizde entelektüel olmak,
düşünceden çok bir yaşam biçimi, bir moda.

Entelektüel, yaşadığı ve yaşamakta olduğu
her şey üstüne düşünür. Dünyaya farklı bir disiplinle bakar.
Bir şeyler yazmış olmak, insanı entelektüel yapmaz.

Bir ideolojiye, bir kişiye, bir görüşe tam yandaş ya da tam karşı olma durumu, benim sözlüğümdeki "entelektüel" tanımıyla yan yana gelmiyor.

Entelektüel yapısı gereği muhaliftir. Her dönemi sorgular, düşünür. Sürüleşmiş kitlelere katılmaz, tam tersine toplumu siyasi beyin yıkamalara karşı uyarmaya çalışır ve kaçınılmaz olarak bu tutumunun bedelini ödemek zorunda kalır. Buna rağmen o başka türlü davranamaz; elinde değildir. Böyle yaşamaya mecburdur.

Bedel ödemekten kurtulmak için onursuzluğu, korkaklığı seçemeyiz ki! Bedeli azaltacak, birbirimizi koruyacak biçimde hareket edeceğiz. En güzel, en yiğit insanlarımızı kaybettiğimize göre, daha yiğit, daha güzel yaşamak zorundayız.

Gerçek entelektüel, sömürü olan yerde ahlak ve namustan söz edilmemesi gerektiğini bilir.

Yapıları gereği, kapitalizm entelektüelleri, entelektüeller de kapitalizmi sevmez.

Bütün azgelişmiş ülkelerde ordu, entelektüel gücü
baskı altına alır ve parçalar.

Entelektüeller bir parça korkak olur! Çünkü korku,
düş gücünden kaynaklanır.

Ah keşke kitlelerin aptallığı, entelektüellerin de
kibri olmasaydı.

Kibrini yenebilen entelektüel, büyük insan olur.

"Rönesans yaratıcılığı", insanların birden fazla disiplinle
meşgul olması ve birçok dalda eser vermesi anlamına gelir.
Bir şair aynı zamanda ressam da olabilir,
tıp alanında da çalışabilir, müzik de besteleyebilir.
Hatta ondan böyle bir insan olması beklenir.
Rönesans hümanisti evrensel düşünmeli,
birkaç dil konuşmalı, felsefeyle ilgilenmeli,
şiir yazmalı ve mutlaka bir enstrüman çalmalı,
bu alanlarda eserler vermelidir.

İki temel tutum var: Kimseye aldırmadan
ilkeleri dile getirmek ya da toplumun yararına bazı
uzlaşmalar yapmak. Hangisinin doğru olduğu sorusu
beni çok düşündürür.

Toplumlar aydınları ile konuşurlar.
Konuşanları hapiste, sürgünde süründüren ülke
kendi dilini kesmiş olur.

Bir aydını "şucu ya da bucu" değil, akılcı olmak
erdemli kılar.

Omurgalı aydınlar halkların gözünde yücelirler.
Çünkü talip oldukları tek makam,
insan soyunun vicdanıdır.

Asker ya da sivil her iktidar çürür ve haksızlık yapar.
Buna erkeğin kadın üzerindeki iktidarı,
din ya da etnik kökenli çoğunluk baskıları da dahildir.
Benim için önemli olan, çoğunluklar
değil azınlıklardır.

Sorumluluk sahibi bir aydının hem inananların hem
inanmayanların hakkına saygı göstermesi ve
bu hakkı koruması gerekir.

Türkiye'de bir devlet baskısı oldu, askeri rejim baskısı oldu
ama hiç unutmayalım, özgür düşünce üzerinde bir de
"yarı aydın" baskısı oldu.

Fikirlere değil kişilere bakmak, çeşitli görüşlerden
Türk aydınını, uygar dünyanın "aydın" kavramından ayıran
ve azgelişmiş ülke kargaşasına iten farktır.

Kaptan Cook'un denizlerde dolaştığı dönemi,
yani 18. yüzyılı düşünüyor ve aynı yıllarda Osmanlı'nın
nelerle uğraştığını hatırlayıp kederleniyorum.
Birbirini yiyen saray adamları, göze girenler ile gözden
düşenler arasındaki sonsuz gelgit, padişaha yakın durup
mansıp kapmak için çırpınan kalem erbabı,
medreselerde yetersiz eğitim ve kendi içine kapanmış,
kendisini dünyanın merkezi sanan bir münevver grubu.
Sahi şimdi durumumuz nasıl?

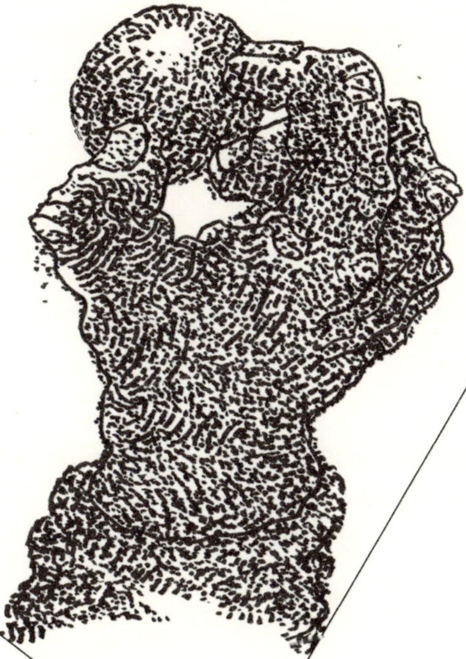

zamana

geleceğe
ve geçmişe
dair

Zaman! İnsan soyunun gizemli bir inancı.

Bütün zaman birimleri ve bölünmeler bizim kafamızda. Yeryüzünden insanlık yok olsa, Dali'nin tablosundaki[10] gibi saatler erir.

Zaman boyutunu kavrayışımız geliştikçe, zamanı daha küçük birimlere bölmeye çalışıyoruz.

Zaman izafidir. Bazen çabuk geçer, bazen yavaş. Durup dururken hayatın hızlandığını sezeriz. Kimi zaman da sanki Magritte tablolarındaki gökyüzü kayası gibi donup kalır zaman.

Tek bir zamana sığan sonsuzluk ve sonsuzluğu
anlatan tek bir an.

Sonsuzluğu algılayacak bir zihne sahip değiliz.
O kavram sadece uzun bir zaman bizim için.

Geçmiş, gelecekten daha kısa algılanır.

Tarihi sıkıştırıyor, olayları birbirine yapıştırıyoruz.
Oysa Kleopatra'nın Piramitler dönemine uzaklığının,
zamanımıza kadar olandan daha büyük olduğunu kavrayarak
bakmamız gerekiyor tarihe.

Bellek, geçmiş günleri cilalıyor mu yoksa gerçekten
daha mı güzeldi her şey?

Gelecek, geçmiş gibi loş bir galeri değil, hiçbir şeyi
göremediğimiz kopkoyu bir karanlık.

Zamanın boyutuyla karşılaştığımızda, "geçmişimiz" diye
dört elle sarıldığımız şeyin çok kısa bir süreye
denk geldiğini dehşetle kavrıyoruz.

Biz insanoğlu ve insankızlarındaki genel eğilim,
zamanı iki düzlemde görmektir. Bir kendi zamanımızı
algılarız, bir de "geçmiş" olarak nitelediğimiz zamanı.
Bizden önceki zaman sanki donmuştur,
birdir, bütündür.

"Eski" ve "yeni" diye iki kavram var kafamızda.
Eskinin eskisini ve eskinin yenisini algılamamız zordur.

Eski devir diye bir sınıflama yapılamaz.
Tarih bir noktada donmadığına göre her devirde
eski ve yeni mücadelesi olmuştur.

Çoğu kişi *zeitgeist*'ı olumlu anlamda kullanıyor.
Oysa "o devrin zihniyeti" anlamına gelir ve pekâlâ kötü ve
yanlış bir dönemi de işaret edebilir.

Uzaktan seyrettiğiniz ülkeniz dünü ve yarınıyla var olur kafanızda. Oysa o sırada ülkede yaşamakta olan insanlar için en önemli boyut bugündür.

Çağdaş olmanın, geçmişten kopmayı gerektirdiği gibi çarpık bir algı var kafalarımızda. Çünkü gelenek ve çağdaşlık Batı'da sadece bir zaman sorunu iken bizde Doğu/Batı biçiminde mekânı da kapsıyor.

"Anı yaşa" diyorlar. Herkes zaten her zaman bir anın içinde yaşar. Bunun için bir çaba, bir yetenek gerekmez ki. Önemli olan o anı önceki zamanlarla ve gelecekle ilişkilendirmek.

Eğer 14. yüzyılda Çin'de doğmuş olsaydın, bambaşka sorunları dünyanın sonu zannetmeyecek miydin? Ve yine yanılıyor olmayacak mıydın?

Evren ve zaman boyutunda
"Benim iki bin yıllık uygarlığım, senin üç bin yıllık uygarlığın"
kavgası gülünç bir tartışmaya dönüşüyor.

Evet, "Coğrafya bir kader"[11] ama dönem de öyle.
1930'da doğan bir Alman'la, 1960'ta doğan çocuğu
bambaşka kaderleri yaşarlar.

Resmi tarih, başka bir resmi tarihe karşı yazılmıştır.

Objektif bir tarihyazımı olamaz.

Tarih, etki ve tepki demektir ve sıfır noktası yoktur.
Bazı tarihçilerin düştüğü yanlışlık, kendilerine göre
bir milat alıp ondan sonrasını yargılamak.
Yani etkiyi değil sadece tepkiyi görmek.

Tarih ancak insanların hikâyesi olarak algılanınca
bir anlamı olabilir.

Dönemin özelliklerini çözmeden bir gelişmeyi, gelişmenin
etkilerini kavramadan bir dönemi anlayamayız.

Niye hiçbir sokağın, caddenin, meydanın,
köyün adı aynı kalmıyor, sürekli değiştiriliyor?
Tarihten kaçmak için mi? Her şeye sıfırdan
başlamak için mi?

21. yüzyıl insanına ait her şey yabancı geliyor bana.

Hiç kimseye düşman olmadan yetiştirilmiş olabilirsiniz.
Bu işin iyi tarafı ama bir de geçmişimiz konusundaki
korkunç cehaletimiz var.

Tarihi kullanarak bu kadar kavga eden
başka bir ülke yok.

Yakın tarihin acıları çocukluğumuzda oynamamıza izin
verilmeyen tehlikeli arka bahçemizdir.

Tarihi kişiliklere severim ya da sevmem diye yaklaşmak
çocukça. Aslolan bu kişilikleri, bir prizma gibi görerek
düşünce düzeyinde incelemek.

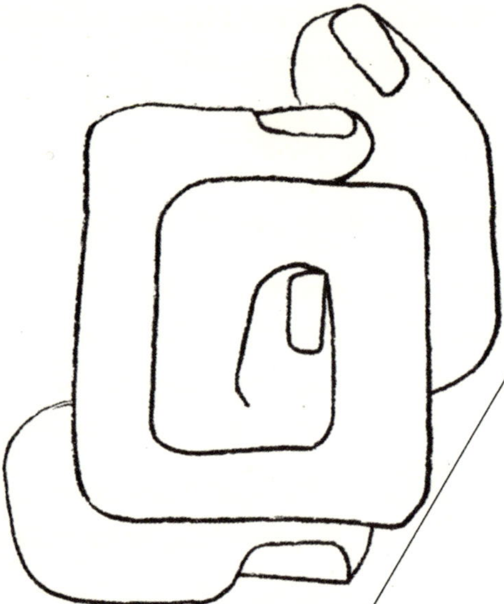

zenginliğe yoksulluğa ve paylaşmaya dair

En coşkun nehrin kıyısına gitsen,
alabileceğin su elindeki kapla sınırlıdır.

Zenginlik insana ait bir özellik değil. Para insanın doğal bir parçası değil; kaybolabilir, çalınabilir, soyut bir kavram.

Yaşam sadece başarıdan, ihaleden, paradan, faizden, koltuktan ibaret değil. Bunlar olsa olsa birer maske. Yaşamın gizi "maneviyat" diye ifade edilen iç dünya zenginliğinde. Ne yazık ki gündelik yaşamın gittikçe sertleşen kavgalarında yitirip gittiğimiz ayrıntılarda.

İnsan yaşamının derinliğe kavuşması, para kazanıp harcamak ve güç sahibi olmak döngülerinin dışına çıkıldığı zaman gerçekleşiyor.

Osmanlı'nın aristokratı olmadığı için
Türkiye'nin de eliti oluşamadı.

Bu ülke, ateşle imtihanı kazandı ama parayla
imtihandan sınıfta kalındı.

Aşk, ideal, mücadele gibi tutkuları tükenen bir kişinin elde
kalan tek motivasyonu para hırsıdır.

Sahip olduklarını yitirmekten korkuyorsan çözüm basit:
Sahip olma.

Ya milyarlarca dolar ya ölüm! Yüzlerce koruma bunun için.

Sarayın şaşaasını kendi gücü sanan yoksullara kızalım mı,
acıyalım mı?

Toplum olarak köşeyi döneceğiz galiba ama köşenin
arkasında ne olduğundan pek emin değilim. (1991)

Karakterini anlamak için bir kişiye para,
ün ya da makam verin.

Yozlukla, yoksulluğu birbirinden ayırmamız gerekiyor.
Nice zengin var ki insan demeye bin şahit ister.
Nice yoksul var ki insan olmanın bütün onurunu ve
erdemini taşır üstünde.

Sömürüye karşı çıkmak sadece ekonomik bir konu değil
bir onur savaşıdır.

Arabeskin anlattığı yoksulluk olgusu, kolektif üretimle ve
bu üretimden pay almanın sınıfsal mücadelesiyle ilgisiz,
"Allah'tan gelen" bir bela gibi görülüyor. "Yaradan'a isyan"
etmeye cüret edebiliyorlar ama gerçek anlamda
muhalefet bilinci gelişmiyor.

Açlık çeken ülkelerden insanlar sallara, köhne motorlara
binecek ve Avrupa kıyılarını zorlayacaklar. Afrika ve Asya
kıtalarının insanları, Avrupa'ya, Amerika'ya akacak.
Bir süre sonra kimse başa çıkamayacak bu göçle. (1975)

Sosyal mesafenin ön koşulu sosyal eşitlik.

Enflasyon eşittir ahlaksızlık. Dünyada uzun süre yüksek enflasyonla boğuşup da ahlaki değerlerini koruyabilmiş tek bir ülke bile yok.

Yasalarla sıkı sıkıya denetlenmediği zaman liberal ekonomi "haydutluk"tur.

Ekonomi bir mucizeyle kurtulabilir ama bir halkın kaybolan değerlerinin yerine konması için yüzyıllar gerekir.

Bencilleşmenin, savaşların, acımasızlığın, ezilenlerin birbirine düşman haline gelmesinin, cahilliğin kökeni, insanlığın yozlaşmasıdır kapitalizm.

Kapitalizmden kurtulamazsa insanlık mahvolur.

Cahil kitleler arttıkça kapitalist sistem o kitlelere mal satmak için cehaleti teşvik ediyor, hoş gösteriyor ve bütün kutsal kavramları da istismar ediyor.

İnsanlara "Kendini şımart" derken aslında "bizi daha zenginleştir, çünkü sen modern bir kölesin" demek istiyorlar.

Kapitalizm yeni acımasız ahlakıyla geldi ve insanlığı hasta ettiği gibi doğayı da yok ediyor. Milyarlarca köle yaratan bir sistem bu. Kendisini özgür sanan kölelerle doldu dünya.

Düpedüz soykırımdır kapitalizmin insanlığa yaptığı. Gelenekleri, kültürleri yok etmektir, ethosittir.[12]

Kapitalizm ve kitle iletişimi eliyle, tarih boyunca yüceltilmeye çalışılmış, çeşitli rönesanslardan geçmiş insanın, tekrar hayvanlaşması süreci yaşanıyor. İnsana biyolojik ihtiyaçlardan ibaret bir canlı gibi yaklaşılıyor.

Tüketen insanın üreten insandan daha değerli olduğu
bu yanlış ve ahlaksız döneme tahammül edilemez.

Azdırılmış gövde istekleri, aklın, sağduyunun, nezaketin,
estetiğin, düşüncenin yerine ikame edilemez.

Benim için sosyalizm, insan soyunun daha güzel
ve daha adil bir dünyada yaşamak için duyduğu
özlemin ifadesidir.

Diyalektik düşünceden başka her metot
çıkmaza götürür.

Marx ve Engels, Hegel'i amuda kalkmış bir adam gibi
görüyorlardı sanırım.

Büyük filozof Marx'ı sadece ekonomiyle sınırlı sanmak
çok büyük bir hata.

İnsani değerlerin, ideolojinin önüne geçebileceğini Lenin de yazdı ama bu söylem Marx'a, özellikle de genç Marx'a yakın bir tutumdur.

Karl Marx yüzyılımızı değiştirmiştir. Sovyet komünizminin yıkılışını, Marx'ın yanılgısı gibi gösterme çabaları doğru değil. O hiçbir zaman Rusya ve Çin gibi köylü toplumlarında oluşacak bir devrimi öngörmemişti. (1992)

Biz görmeyeceğiz ama dünya sonraki devreyi de yaşayacak. Yani, Marx'ın öngördüğü gibi, insan bencilliğine, egosuna ve hırsına dayalı kapitalizmin çöküp gerçek bir dengenin geleceği günü. İlk işaretleri görülmüyor mu zaten? (2012)

Sosyalizm, insan soyunun yarattığı kültür birikiminin mirasçısı olmuştur. Böyle olmaya da devam edecektir. (1991)

Sosyalizm, ilkelliği aşmaya yetmez. Her toplum kendi düzeyine göre algılar ideolojiyi. Bu yüzden Kamboçya, Libya, Fransız sosyalizmleri ayrıdır ve ayrı kalacaklardır!

Sosyalizmin düşünce ve uygulama tarihine bakıldığında, yalnızca onurlu sayfalar görülmez. Sosyalizm adına davrandığını söyleyen ve zaman zaman iktidarı ele geçiren bir sürü psikopat, fırsatçı, zalim diktatör gelip geçmiştir.

Devrim, bir mıknatıs gibi, en iyi ve
en kötü uçları çekmiştir kendisine.

Yollar ancak yoldaşlarla güzelleşir.

Sanki herkesin beynine bir azgelişmişlik kilidi takılmış.
Bir anahtarla o kilidi açabilseniz, ülke kanatlanıp gidecek.

Hiçbir ideoloji, ülkelerin toplumsal özelliklerini değiştirmeye yetmez. Rejimler geçer, toplumun gelenekleri kalır.

akla zekâya ve kurnazlığa dair

Ne yazık ki akıl, aptallık kadar bulaşıcı değil.

Einstein'ın dil çıkaran fotoğrafında da görüldüğü gibi zekâ güler. Zekânın ciddiyete ihtiyacı yok.

Sıradışı insanları değerlendirebilmek için, sıradışı değer ölçüleri gerekir.

Gülmek zekâ belirtisidir.

Sezgi akla yol gösterir.

Sezgisiz akıl bilgisayara mahsustur.

Duyguyla tamamlanmayan bilinç ve sezgiyle bütünlenmeyen akıl eksik kalır.

En büyük akıl, deli sanılan bazı insanların aklı.

Denizler ötesine giden kişi yalnızca iklimi değiştirmiş olur, aklını değil.

Zekâyı kültür geliştirir. Dünya olaylarına, sanata, kültüre açık kafalar, çalıştırılan adaleler gibi gelişirler.

Zeki bir insanı, budalalık kadar sinirlendiren bir şey yoktur.

Ne garip değil mi; "bilge" demek olan "abdal" sözcüğünü "aptal"a dönüştürmüşüz, çoğul haline "budala" demişiz. "Akıllılar" demek olan "ukala" ya da aşağılayıcı bir anlam yüklemişiz. Bence toplumun kodları bu anlam kaymalarında yüklü.

Aptallık, aptal olduğunu görmeye en büyük engel.

Zeki adamlar kolay uyum gösteremezler.
Ömürleri, aileye, okula, işyerine, kurumlara ve devlete
kafa tutmakla geçer. Beyinsel ve duygusal zekâları onları,
sürüdeki kara koyun haline getirir.

Toplumların zekâ yaşı ölçülse,
çoğu zihinsel engelli kapsamına girer.

Geri kalmışlık, toplumun zekâ geriliğidir.

Üzerlerinde bir sevgisizlik kabuğu taşıyan orta zekâlılar,
toplumdaki saygın yerlerini koruyabilir, insanların yaşamları
hakkında kararlar verebilir, hepimizi yönetebilir ve ne bizler
ne de vicdanları tarafından rahatsız edilirler. (1990)

Örgütlü orta zekâlılar, kendi dayanışmalarını kurarak,
yetenekli insanı yok eder ve
kendilerinden birini oturturlar oraya.

"Mediokr" yani "orta zekâlı" olanlar hiçbir şeyi sorgulamazlar. Kamplaşmış taraflardan birine ait olurlar ve dünyayı bu şekilde algılarlar. Onlara göre dünya basittir, hiçbir karmaşıklığı yoktur. Her şey siyah beyazdır. Bir taraf yüzde yüz haklı, öteki taraf yüzde yüz haksızdır.

Orta zekâlılar, insanlara damga vurmaya çok meraklı.

Orta zekâlıların omuz omuza verdiği ve kendi aralarındaki çelişkileri unutarak ortak cephe oluşturduğu tek bileşke, yetenekli ve sıra dışı birine duyulan yoğun nefrettir.

Orta zekâlılar, pek bilgili olmasalar da kurnazdırlar ve uyumludurlar.

Tanıdığım zeki insanların hep saf bir yanları var. Aptallar ise genellikle kurnaz oluyorlar. Kuyrukta öne geçme, ihale kazanma ya da politikada yükselme türünden bir kurnazlık onlarınki.

Gelişmiş bir toplumda şahsiyet önemlidir,
ötekilerde ise makam.

Zekâ ile kurnazlık ters orantılı. Biri azalırsa öbürü artıyor.

Genellikle aynı anlamda kullanılan rasyonel ile
lojik arasında semantik bir fark var.
Tarihte ikisini çakıştıran koşullara çok az rastlanır.

Zeki insanlar kurnaz olmaya gerek duymadıkları için
hayatlarını tuhaf bir safiyet içinde geçirme yolunu seçerler.

Kurnazlık uzun vadede insanı zayıf düşürür.

Zeki insanlar kurnaz olmaz, kurnazlar da zeki.
Bu iki kavram arasında kesin bir zıtlık var. Einstein da
kurnaz değildir, Mevlana da, Nietzsche de... Herhangi bir
sokak kurnazı, bu büyük insanları iki dakikada kandırmayı
başarabilir. Çünkü hem küçük hesaplara akılları ermez
onların, hem de insanlıkla ilgili yüksek düşünceleri bu derece
alçalmayı kavrayamaz.

Zekâ, rüyaları olan büyük insanlara, kurnazlık ise
"köşeyi dönmeye çalışan" küçük insanlara özgü.

Kurnazlık, toplu çıkara, toplu zekâya aykırı.

Örnekler gösteriyor ki; tek tek bireyleri kurnaz olan
ülkelerin toplumsal zekâ seviyesi düşüyor.
Almanya, Japonya gibi, bireylerin kurnazlık yapmadığı,
çarkın bir dişlisi olmayı kabul ettiği toplumlarda
ise sistem daha düzgün işliyor.
Bu, işin iyi yanı. Ama aynı çark ve dişli ilişkisini
faşizm de kullanabiliyor.

Ahlaki ilkeler zayıflarken, toplum kurnazların peşine takılır.
Kurnazlığın bir zehir olduğunu bilmeden.

Kaba güç ile kafa gücü arasındaki ayırım,
toplumuna ve toplumun gelişmişlik düzeyine göre
farklılık gösterir.

Bir teoriye göre, dinozorların nesli, büyük bir gövde ile küçücük bir beyin arasındaki orantısızlık yüzünden tükenmiş. Demek ki beyin ile gövde arasındaki orantı çok önemli. Ülke gelişirken sadece gövdenin değil, beynin de büyümesi gerekiyor.

İnsanın bilgi derinliğini ölçebilmek de asgari bir birikim gerektirir. "Beynin kasları"nı göremeyen kişilere, bilginin, okumuş olmanın, düşünmenin erdemini anlatmak, deniz görmemiş birine okyanusu anlatmaya çalışmak gibidir.

İnsanlar başkalarının daha güzel, daha yakışıklı, daha zengin, daha yetenekli, daha güçlü, daha hızlı olabileceğini kabul edebilir ama birisinin kendisinden daha zeki olabileceğine inanmaz.

Kolun adalesi görünür ama zekânın kıvılcımı görülmez. Bu yüzden dünya kendini bilgili ve zeki zanneden bir sürü ahmakla dolu.

Kurnazlık, cehalet ve kibir insanların yüzüne vurur ve böylelerine bakmak bile utandırır sizi.

Yalnız Türkiye değil dünya da "idiokrasi"[13]
dönemine girdi.

Halka değen noktalarda bulunanlar da
vasat olmak zorunda.

Vasatla farkı çok açan eğitimli insanı halk seçmez.
Halk kendisine benzeyene düşkündür.
"Süt ne ise kaymak o olur."

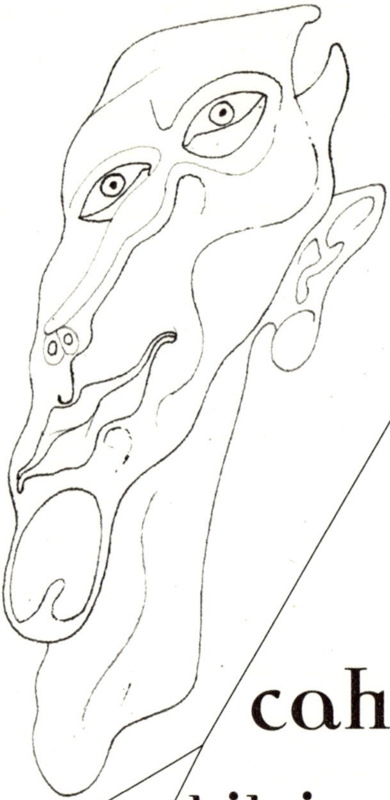

cahilliğe bilgiye ve eğitime dair

Bilmek mutsuzluktur ama bilmemek de bir ömrü anestezi altında geçirmek demek.

Fazla bilmek mutsuzluk getiriyor. Ne mutlu cehaletin koruyucu rahmi içinde bir cenin gibi büzülüp yatanlara (!)

Kitaplar sizi daha derin bir anlayışa götürür, hem kendinizi hem de dünyayı daha derinden kavramanızı sağlar. Bir ruh eğitimidir, bir duygular eğitimidir.

İnsanlığın en büyük buluşu kitap, en kötü buluşu ise okul.

Peter Ustinov "Okullarda bana öğretilenleri unutabilmek için on beş yılımı verdim" demişti. Bu da gerçeğin bir başka yüzü.

Okullardaki tek boyutlu insan yetiştirme programı, hayatı anlamayan, değişik disiplinleri kavramadan vida gibi hep aynı noktada dönüp duran bireyler yaratıyor.

Asıl sorun diplomalı cehalette. Türkiye'de eğitim tam bir diploma fetişizmine dönüştü. Anadilini doğru dürüst konuşamayan, mektup yazmaktan aciz üniversite mezunlarından geçilmiyor bu ülkede. (1997)

Diploma fetişizmi eğitimi öldürür.

Çok yönlü eğitim artık yok, büyük bir eksiklik bu. Eskiden öyle değildi. Nietzsche'yi filozof olarak biliyoruz, ama aynı zamanda büyük bir şair ve besteci. Ömer Hayyam matematikçi, astronom ve şair. Batı ve Doğu uygarlığında herkes birden çok disiplinle ilgiliydi. Ama 20. yüzyıl buna çok büyük bir darbe indirdi. Uzmanlaşma adı altında tek boyutlu insanlar yetiştirdi.

Cehalet zararlı ama özgüvenle birleşince yıkıcı bir güce dönüşüyor.

Bilmediği konuda ahkâm kesmek sıradan bir insanda
sevimsizlik olarak görülebilir ama aynı şeyi bir üniversite
hocası yapıyorsa meslek ahlakına uymuyor demektir.

Sizi bilmem ama ben dünyada en çok cehaletten korkarım.
Cehalet kendi bildiğinin dışında bilgi ve düzey olduğunu
fark etmeyen bir kör karanlıktır. Zehirli tutkular ve
fanatik öfkeler üretir. En kötü yanı da cahilin,
cahil olduğunu bilmemesidir.

Cahiller kadar korktuğum bir başka zümre de fanatikler.
Her konunun fanatiği var ve hiçbir makul insan
onları memnun edemez.

Söylenen her cümleyi "fikir" sanma hatasına düşülüyor.
Fikir öne sürebilmenin ön koşulları var. Bu yüzden "Bu da
benim fikrim" savunması cehaletin başka bir göstergesidir.
Çünkü gerekli okumaları ve çalışmaları yapmamış bir
insanın fikir ileri sürmeye hakkı yoktur.

İlk filozof Miletli Thales'in coğrafyasında bu cehalet
dehşet verici.

Bazı insanlar cehaletini övünerek, bir madalya gibi taşır ve toplumda bir cehalet kültü oluşur.

Dünyanın kurtuluşu cahilin cahil olduğunu anlamasını sağlamakta...

Cahil, cahil olduğunu bilse bu kadar kanaat bildirmezdi.

Su ve sabuna erişebildiği halde kokan birine yıkanmayı öğretmek elitizm değil. Her ne kadar neo-liberaller tersini düşünse de.

Türkiye'deki eğitimsizliğin en çarpıcı yönü, kendisini "elit", yani "seçkin" sayanların bilgisizliğidir.

Deleuze, Derrida, Baudrillard, Lacan adlarını art arda sıralamak bazılarına müthiş bir tatmin duygusu veriyor. Aynen Müslümanların Ebu Hureyre, Saad bin Vakkas, Amr ibnül As dendiğinde vecde kapılmaları gibi. İsim ve jargon şehveti.

İşini yaparken bir fark ortaya çıkarıyorsan, diğerlerinden üstün nitelikler geliştirmişsen, seçkin bir insansın demektir. Bence elit olmak bu.

Cehalet ortamında yetişen çocuk ömrü boyunca tüketim toplumuna hizmet eden bir modern köle olarak yaşayacak.

Bilgi ne garip bir şey. Şişede hapsedilmiş bir cin gibi yıllarca duruyor, senin gelip kapağını açacağın günü bekliyor.

Zalimleri izlemekten âlimlere kulak vermiyoruz! (1998)

Bazen âlimle zalim arasındaki fark gerçekten de bir harf kadar yakındır birbirine.

Her türlü enflasyon ortamında olduğu gibi, bu bilgi enflasyonu içinde de bilginin değeri düşüyor.

Ben her şeyi bilmem ama her gün bir şey öğrenirim.

Herkes her şeyi bilemez, bu yüzden hepimiz
derece derece cahiliz.

Karl Marx ileri yaşlarında Osmanlıca öğrenmeye çalışmıştı.
Goethe yine ileri yaşlarında Farsçaya merak sarmıştı.
Öğrenmenin yaşı ve sınırı olmamalı.

Dünyada savaşlar devam ettiği sürece,
eğitimin doğru olduğu söylenemez.

Kategorik algıyı aşabilen akademisyenlerden
iyi düşünürler çıkabilir.

Köy Enstitüleri kapatılmasaydı,
Türkiye çoktan demokrat bir ülke olmuştu. (1997)

Tipik bir Anadolu evinde, duvara asılı Kuran
dışında kitap bulunmaz.

Diplomanın en kötü yanı, öğrenmenin bittiği yanılgısını yaşatması. Oysa insan son nefesine kadar öğrenmeli.

Faraday bir ciltçi çırağıydı, ciltlediği kitapları okuyarak çağlar üstü bir fizikçi oldu.

Dolap beygiri mesafeler aştığını sanır,
oysa daireler çizer.

Herkesin anlık düşünce açıklamaya başladığı bir dönemde o ünlü söz "Öğreniyorum o halde varım"a dönüşmeli.

kültürün bir ulu ırmak olmasına dair

Kültür, insanın insanla ve
doğayla ilişkisinin tümüdür.

Kültür, bir toplumun üzerinde yükseldiği kaidedir
ve en önemli göstergesidir.

Kültür, siyaset penceresine sığmaz.

Kültür çalışması bir barış eylemidir.

İnsan yaşamı ancak kültürle derinleşir, boyutlanır,
tatlanır. İnsanların biyolojik yaşam süreçlerine ve
kısacık ömürlerine anlam katan boyut kültürdür.

Kültür vücutta kan gibidir.
Dışarıdan bakınca görülmez ama onsuz da yaşam olmaz.

Düşünce kültürden türer.
Kültürün beslediği düşünce ise üretime dönüşür.

Gelişmiş ülkeler, zengin oldukları için kültürle ilgileniyor değiller, kültüre ve bilgiye önem verdikleri için zengin oldular.

Gelişmiş ülkelerin sadece tüketimini, teknolojik seviyesini ve refahını görmek, meyvelere gözünü dikerek ağacı görmemek demektir.
Ağaç, kültürdür.

Kültür her zaman Batı'nın tekelinde değildi.
Mesela Harun Reşit döneminde Bağdat, dünyanın en kültürlü ve en zengin şehriydi.

Yürek ve beyin soyluluğu tepelenince, meydan adiliğe ve bayağılığa kalıyor.

İnsan toplulukları sadece yazılı yasalarla değil, milyonlarca küçük ilişkinin, geleneğin ve kültürün oluşturduğu bir ağla bağlıdır. Bu bağ ortadan kalktığı zaman toplumun uygar bir biçimde yaşamasını sağlayan damarlar kopar.

Yeni doğan bebek, Sisyphos'un[14] aşağı yuvarlanmış kayasıdır. Her doğumda dünyanın kültür birikimi sıfırlanır. Uygarlık yeniden başlamak zorundadır. Tabula Rasa.

Türkiye'nin Batılı olmasının yolu, Paris'e öykünmekten değil, Alma Ata'dan Belgrad'a, Kahire'den, Atina'dan Kırım'a uzanan bir kültür varlığını çağdaş kalıplar içinde özümsemesinden geçiyor. (1992)

Yeni dönemde, dünya insanları olarak sanki hepimizin ikili bir geçmişi var: Biri ait olduğumuz ülkenin gelenekleri, ikincisi ise çocukluğumuzdan beri beynimize saldıran Amerikan popüler kültürü.

Popüler kültür felaketimizdir.

Popüler kültürün siyaseti nasıl beslediğini göremeyen insanlara hayret ediyorum. Ne dinlersen o olursun. Bunu Konfüçyüs gördü ama bizim lumpen seven aydınlar göremiyor.

Cumhuriyet devrinde aniden zengin edilen köylü ailelerin özenecekleri, örnek alacakları, taklit edecekleri bir aristokrasi yoktu. Para kazanan burjuvaların yeni kuşakları kente göçle birlikte, arabeske ve lumpen kültürüne dört elle sarıldılar. Dilimize yerleşen "Sonradan görme" deyiminin kökeni budur.

Şehirlerimizi saran kaçak yapılaşmayı, nasıl bir mimari üslup sayamazsak, buralarda boy atan müziği, insan ilişkilerini ve yeni ahlakı da yerli kültür formu olarak kabul edemeyiz.

Köylülüğün geleneksel değerleri köy ortamında korunabiliyor ama kente göç sırasında akla gelmedik çarpılmalara uğruyor.

Örgütlü toplumda insanlar disiplinli davrandıkça şehir uygarlığı ortaya çıkar.

Geleceğe ancak gelenek
kapılarından geçilerek ulaşılabilir.

Geleneği yaşatmak güzel bir şey ama yaşatılacak geleneğin
de güzel olması gerekiyor. Her gelenek iyi değil.

İçinde bulunduğunuz kültüre biraz da direnmek gerekiyor.
İçinde kalarak, bir parçası olarak ama olduğu gibi de
kabullenmeyerek bir gelenekten beslenebiliyorsunuz.
O geleneğe bir katkınız olacaksa
ancak bu yoldan olabilir.

Türkiye'de sınıflar arasında çok uçurum var ama eğlence
kültürü bir fabrikanın patronuyla işçisini, bir generalle
şoförünü, holding sahibiyle dilenciyi birleştiriyor.
Hepsi aynı magazin tanrı ve tanrıçalarını izliyor, onların
resimlerine bakıyor ve onların televizyon dizilerini
seyrediyorlar. Zenginlik var bu ülkede ama
elit zevk ve birikim yok. (1978)

Ne yazık ki günümüzde eğlence,
kültürün yerini aldı.

Bana eğlence biçimini söyle
sana kim olduğunu söyleyeyim.

Kültür, çoğu zaman eğlence dünyasıyla karıştırıldığı gibi, bir boş zaman değerlendirme aracı değil, insan soyuna ait bütün ilişkilerin üzerinde yükseldiği bir temeldir, bir kaidedir.

Boş inançlar sahiden boştur, gerçeği yansıtmazlar ama yine de insanlık bütün yaratısını, sanatını onlara borçludur. Maya zigguratlarının dört tarafının da merdiven olması nasıl bir saçma düşünceye dayanıyor bilir misiniz; vahşi ormanda yılandan korkan Mayalar bu sürüngeni kutsallaştırıyor ve günün her saatinde, güneş nerede olursa olsun yere yılan gölgesi düşmesi için piramidi bu şekilde yapıyorlar. Sonuç ne? Saçma sapan bir inançtan doğan müthiş bir estetik. Bu yüzden bazı şeyleri boş inanç diye küçümsemeyin, onlarsız insan kültürü olmazdı; ne mimari ne müzik ne edebiyat.

İnsanlığın övünç noktalarından birisi olan Rönesans aynı zamanda bir yıkım dönemidir. Pagan tapınakları yerle bir edilerek o taşlarla kiliseler inşa edildi.

Meselenin sadece zenginleşmek değil aynı zamanda
medenileşmek olduğunu kavrayamıyoruz.
Çünkü Atatürk'ten sonra hiçbir yönetim "insan ve onun
kültürü" sorunuyla uğraşmadı.

Meseleyi derinden kavrayan Mustafa Kemal Atatürk
"Türkiye Cumhuriyeti'nin temeli kültürdür" demişti.
Eğer, bu sözün doğruluğuna inanıyorsak, acı duyma
pahasına belirtmek zorundayım ki, Türkiye Cumhuriyeti'nin
temeli ağır bir saldırı altında. Çünkü bu ülkenin
kültürü çürüyor, yozlaşıyor. (2003)

Amacı nitelikli kültür yaratmak olan Atatürk, en alt
düzeydeki popüler kültür öğeleriyle anılmamalı.
Yakışmıyor.

Siyasi iktidarlar rant paylaşma aracı haline gelmişse,
gençler ve çocuklar tarikat bataklıklarında boğuluyorlarsa,
bu, kültür yapımızdaki erozyondan, çürümeden
kaynaklanıyor. Geleneksel kültürden kopmuş, çağdaş
değerleri bir türlü benimseyememiş bir toplumun iki arada
bir derede kalmış insanları olarak çırpınıp duruyoruz.
Ve bunun bir kültür sorunu olduğunu
bir türlü göremiyoruz.

Öz malımız olan kültür değerlerini parça parça bölmeyi, kategorilere ayırmayı ve bölük bölük saf tutup mücadele etmeyi çok severiz. Eğer Osmanlı varsa Cumhuriyet yok, Cumhuriyet varsa Osmanlı yok. Halk edebiyatı varsa divan yok, divan varsa halk yok! Niye bu kadar kategorik ve bölmeli düşünüyoruz bilmem ki!

İstanbul'da basılan bir kitabın Çin sınırına kadar dağıtıldığı, tiyatro gruplarının koskoca kıtada turneler yaptığı, gazetelerin ve Radyo-TV yayınlarının yüz milyonlara ulaştığı bir "Türkçe Demokratik Kültür Ortamı." İşte "doğal olan" budur. (1991)

Sorun sadece para değil. Nice yoksul Akdeniz ve Karayip kasabası var ki, insanlar yaşamlarını pırıltılı bir gökkuşağı altında, saygı, sevgi ve neşe içinde geçiriyor. Nice petrol zengini Arap ülkesi var ki, yaşam bir cehenneme dönüşmüş. Sorun, yaşam kültürü denilen kavramda.

Otantik olanla modern olan arasında her zaman bir ilişki var. Anadolu'nun bir köyünde Hitit formuna sahip bir testiyi alıp New York Modern Art Museum'a koyabilirsin. Herkes de bayılır. O ikisi arasında çelişki yok.

Çelişki nerede, biliyor musunuz? O arkaik modelle yapılmış testiyi eski diye atıp plastik sürahiyi almakta.

Âşık Veysel ile Amerikan folk müziğinin önde gelen isimlerinden Woody Guthrie arasında büyük bir fark yoktur. Hatta ikisinin de birbirine çok benzeyen iki fotoğrafı var. İkisi de toprağa oturmuş. Birinin elinde gitar, birinin elinde saz, ikisinin kafasında da şapka... Sanki kardeş gibiler. Şarkılarının sözleri de benziyor. Böyle baktığınızda, dünyaya doğru bakıyorsunuz demektir.

Her kültürün bir "hinterland"ı var. Türk kültürünün "hinterland"ı da Çin sınırından Avusturya sınırına, Kuzey Afrika'dan Kafkasya'ya uzanan muazzam coğrafya. Lütfen komplekse kapılmayalım. Kendi köklerimizle ilişki kurmaktan korkmayalım. (1992)

Osmanlı hinterlandı bizim doğal kültür mirasımız.

Sanattan uzak geçen her gün kayıptır.

Roman, şiir, tiyatro, müzik, resim, felsefe, bilim dallarında yapılan her katkı, Türkiye'nin dinozorlaşmaması için bir çırpınış, bir karşı koymadır. Özel televizyon alt kültürüne yenilmek üzere olan bir halka yapılacak en güzel yardım bu! (1993)

Bu ülkede hayatımız masum Şaban'ın kopil Recep İvedik'e dönüşmesini izlemekle geçti.[15]

sanata
ve
sanatçıya
dair

Sanat; sezgilerimize dayanarak, incelikle, duyarlılıkla, sevgiyle yaklaşabileceğimiz bir kelebek kanadı.

Sanat dünyayı ayaklarımızın altına seren büyülü bir lisan.

Sanat denemedir. Kendini tutup tutup boşluğa, uçurumlara fırlatmadır; sonucunu kestiremeden. Ancak o zaman yeni, çağdaş boyutlara gidebilir insan.

Aşırı sadelik de bir süstür. Sadelik, kendine dikkat çekmeyecek düzeyde olunca sadeliktir, göze batıyorsa o artık süstür.

İnsanı, hayvanla aynı olan biyolojik kuralların üzerinde başka bir ruha kavuşturmak için çaba sarf etmek gerekir. Bu, insanlığın en büyük idealidir. Sanat da bunun yollarından biri.

İnsanı hayvandan ayırma mücadelesi, aslında insan ruhunu yüceltme mücadelesine karşılık geliyor.

Hayvan sözcüğü hakaret anlamında kullanılınca büyük yanlışlıklar çıkıyor ortaya. Oysa biyolojik bir sınıflandırma.

Trajik bir yazgıya çarpılmış ve ölümlü olduğunu bilerek dünyaya gelen insana yardımcı olmak, onun uğradığı haksızlıklara karşı çıkmak ve acılarını hafifletmeye çalışmaktan başka bir amacı yok sanatın.

Belki de sanat sadece çocuklar için olmalı.
Çünkü henüz ruhları kararmadığı, önyargılar edinmedikleri ve masumiyetlerini korudukları için yürekleri sanat yaratılarına açık onların.

Hastalıkların, ölümün, kazaların ve savaşların yolumuzu gözlediği şu dünyada, yaşadığımız süreyi hem kendimiz hem de başkaları için değerli ve anlamlı kılmak... İşte sanat bunun için gerekli.

Her yenilik tepki görür; her büyük filozof, her büyük sanatçı önce reddedilir, sonra kabullenilir ve klasik olur. Bu yüzden sanat da hayatın gerçeği gibi devrimcidir.

Avrupa'da resmin, mimarinin ve müziğin en yüksek forma kavuşmasında, Hıristiyan inancındaki masalsılığın etkisi çok büyük.

Büyük sanatçıların polemikleri savunma niteliğindedir. Kimseye sataşmazlar ama ömür boyu saldırıya uğrarlar.

Bir sanatçı aynı alandaki bir kişiye ve yapıtına saldırıyorsa bilin ki yeteneksizliğini örtmeye çalışıyordur.

Hayranlık düşmanlığa dönüştüğünde öldürücü bir güçtür.

Bugün hayranlıkla izlediğimiz Rönesans resimleri, ayin müziği, tapınaklar, heykeller; sanat için değil dini yüceltmek için yaptırıldı.

Direnmeyen, haksızlıklara başkaldırmayan sanat oyuncaktır.

Sanatçıların hepsi birden susturulamaz ve sanat her zaman kendini duyurma olanağını bulur.

Eğer değerli ürünler ortaya koyabiliyorsan hiçbir medya bu gücü elinden alamaz. Eğer yapamıyorsan tüm medyanın sahibi olsan yine işe yaramaz.

Siz dünyanın derin gerçekliğini algıladığınız zaman, dünya da size uygun bir biçimde davranıyor ve hayat, sanatı taklit etmeye başlıyor.

Bir insanın dünyası, dinlediği müzikle, okuduğu kitapla, yürüdüğü yolla bütünleşir. İdam kararı veren yargıç, Telemann ya da Itri dinleyemez. (1978)

Yaşamla sanatın kesiştiği noktanın büyülü tadına varmak istiyorsanız, elinizin altında kitaplar, filmler, resimler, plaklar, oyunlardan oluşan bir zenginlik var.

Eğer iyi oturtulmuş bir dizeyle kanatlanıp uçmuyorsan, eğer edebiyatın, müziğin, resmin büyülü evreniyle kendinden geçmiyorsan; onca para pul, iktidar neye yarar ki!

Sanat ve bilim ilişkisini ancak büyük beyinler kavrar.

Bilge kişiler, bilimin ve sanatın yücelerek kesiştiği noktada parlayan yıldızın ışığını görebilen insanlardır. İş bölümü denilen hastalık, bu çapta kişilerin yaratısını engelledi.

Sadece yerelde geçerli bir sanatsal veya bilimsel değer olamaz.

Köke dayanmayan, oradan hız almayan bir çağdaş sanat yaratılamaz. Geleneği reddederek bir yere varılamaz.

Her ciddi sanat eserinin bir coğrafyası, bir iklimi var.
Yabancı kültürlere özenerek yaratılmaz.
Sibelius'u duyduğumuz zaman uçsuz bucaksız
Fin ovaları, gölleri gözünüzün önüne gelir;
aynen Wagner'de duyulan ormancı Cermen iklimi ya da
Vivaldi'de duyulan İtalyan primaverası gibi.

En büyük tehlike ortam. Yeni fikirler ve yaratıcılık için ilk
adım ortamdan uzaklaşmak. Hangisi olursa olsun.
Çünkü ortamlar ortalamaya dayanır.

Yapıtlar mesajlara indirgenmemeli. Mesajınız varsa,
doğrudan mesaj olarak verirsiniz. Sanat yapıtları daha derin,
daha katmanlı ve daha komplekstir. Bir prizmadır adeta.
Herkes bir tarafını görür.

Kitle kültürü yerçekimi gibidir. Sanatçının uçmasını engeller.

Bir eserin nitelikli ve derin olması, onun geniş halk kitleleri
tarafından benimsenmesine engel değil. Ama bunun en
önemli koşulu o sanat eserinin bir "marifet"
sonucu ortaya çıkmış olmasıdır.

Vasata seslenmek için vasat olmak düşüncesi
iğrenç geliyor bana.

Anlaşılmamaktan yakınanlar, genellikle anlamaya
çalışmayanlar.

Hayatta ne kadar hata yaparsanız yapın, eğer zamana dayanan ve gelecek kuşaklara aktarılan eserler vermişseniz ayakta kalıyorsunuz.

Büyük sanatçılar sadece kendi yaratısıyla uğraşır, kimseyi kıskanmaz. Bir sanatçının başka bir meslektaşını kıskanması ne büyük alçalma.

Sanatta ve yaşamda alçakgönüllülük kadar büyük bir erdem yok! Tanıdığım büyük sanatçı ve bilim insanlarının hepsi alçakgönüllü. Ötekileri sormayın bile!

Hiçbir şeyden korkmayan
kişinin hayal gücü yok demektir.

Sanatçılar da insandır veya insan olmalıdır.

Önyargıları sarsmak sanatçının, aydının işi.

Saray dalkavuklarından sanatçı çıkmaz.

Büyük devlet adamlarının sanatçı dostları olur. Mesela Cengiz Aytmatov Gorbaçov'un; Marquez Castro'nun yakın arkadaşıdır. Bizde de bazı devlet adamlarının gazino artistleri ile dostluk kurduğu olmuştur. Ne yapalım! Karga kargayla gezer, kartal kartalla.
(1992)

Toplumun bütün yönelimlerini ve içinde bulunduğu değişimleri kavramak için gerekli olan sezgi, sanatçılara özgüdür.

Sanatın özünde eleştiri var. Politikanın ve toplumun kurallarından ayrı ilkeler geliştirmek, başka açılardan bakmak var. İşte bu yüzden huzursuz insanlardır sanatçılar.

Sanatçılar bazen öyledir, bazen böyle...
"Gâh çıkarlar gökyüzüne seyrederler âlemi, gâh inerler yeryüzüne seyreder âlem onları."[16]

Yaratıcı insanları bu kadar kolay anlamayın!
Biraz düşünün, siyah beyaz algılayıp üzerine etiketler yapıştırarak birtakım çekmecelere kilitlemeyin.

Her sanatçının psikozları, eserlerine yansır.

Çocukluğunda yalnız kalan insanlar genellikle bir sanat başarısıyla kendilerini göstermek isterler.

Bir yürüyüşe katılıp da gözünün önünde gencecik insanların öldürüldüğünü gördüğü zaman, oturup zamanlama ya da politik hesap yapacak sanatçı yok.
Yüreği dayanmaz böyle şeye. İsyan duygularıyla dolar ve delirmemek için ya müzik yapar ya şiir yazar ya da makale. Çünkü kendi kendisiyle ve toplumuyla hesaplaşması gerekmektedir.

Ülkenin çağdaş ve nitelikli sanatçıları, o ülkenin ufkunu yüksek sanat yapıtlarıyla doldurmazsa, ortalığı ayrıkotları bürür. Çiçeklerin yerini zehirli sarmaşıklar alır ve bunlar çocuklarımızın beynini mahveder. Şiddete dönük, karamsar, umutsuz, kolaycı, köşe dönücü kuşaklar yetişir. (2004)

Orta yetenekteki insanlar Amerika'dan yayılan pazarlama yöntemlerinden başka bir şeye kafa yormaz oldular. Bazı kişileri moda haline getirerek piyasaya süren kurnaz tüccarlar belirdi. Bu insanlar belki başarı kazandılar ama iyi bir sanatçı olma, klasik olacak bir eser verme imkânını sonsuza kadar yitirdiler. Çünkü hiç kavgaları ve sevdaları olmadı.

Kapitalizm öncesinde sanat ödülleri yoktu.

Sanatta ödül çok saçma çünkü spor gibi ölçülebilen bir alan değil. Her jüri ayrı karar verir.

Düzeyli kalmak isteyen sanatçı, popüler kültürün parçası olmayı reddetmek zorunda.

Halkın bir sanatçıyı "star" olarak değil de bir akraba, bir yakın, bir abi, bir dost gibi görmesinin verdiği mutluluk hiçbir şeyle ölçülemez.

İşin temelinde ezgileri ve hikâyeleri insanlarla paylaşmak ve içtenlik var. Başarı, bir yan ürün.

Başarıyı hedeflerseniz onu kazanamıyor, unutup da kendinizi iyi bir iş yapmaya adarsanız geldiğini görüyorsunuz.

Hiçbir insanın ömrü, büyük bir sanatçı olmaya yetmez. Büyüklüğü bırak, alt düzeyde sanat yapıtları üretemez hiçbir insan tek başına. Ancak kendisinden önceki birikimlerin, insanlığın, içinde yaşadığı kültürün mirasından beslendikçe, ama zaman zaman da onlarla hesaplaştıkça, yaratıcılık diye bir nitelik ortaya çıkabilir.

Çağa uyum sağlayarak çıkmaz modern sanatçı. Çağa uyum sağlamak, genellikle modaya uymak, piyasaya teslim olmak anlamına geliyor. Oysa bunlara direnerek,

adeta bir mucize gerçekleştirerek gerçek
sanat üretimine ulaşabilir.

Ben bir sanatçı olarak, toplum nehrinde yüzen bir balık gibiyim. O nehirle birlikte akıyorum. Sular da akıyor ama hangi damla arkamda, hangi damla önümde, nehir mi daha hızlı akıyor, ben mi; su önüme mi geçiyor, arkamda mı kalıyor anlamıyorum. Gerçek olan tek şey sonsuz bir akış.

Deniz, müzik, şiir, şarkı söyleyen korolar,
Nâzım, Yaşar Kemal, Orhan Veli, Eluard, Aragon, Lorca,
sokaklarda kucaklaştığımız insanlar.
İşte benim evrenim bunlardan ibaret.

Aslında her sanatçının anlatmak istediği
bir tek şey var sanıyorum: Ne olur beni bu kadar
kolay anlamayın.

müziğin toplumsallığına dair

Müzik, toplumu anlamak için büyük bir kılavuz.

Toplumların da insanlar gibi hastalık dönemleri vardır ve bu hastalığın ilk semptomu müzikteki bozulmadır. Dikkat edilmezse hastalık inanılmaz bir hızla yayılır.

Ne cenaze olur müziksiz ne de düğün ne devrim
ne direniş ne de sevda.

Müzik, sesi aşan bir şey. En soyut sanat olarak, bizi yüreğimizden, bilinçaltına sinmiş tortulardan yakalar.

Müzik insanın derisinin altına giren bir şey, engel tanımıyor.

Müzik insanların duygularına doğrudan doğruya etki yapar
ve kimyasal reaksiyonlara sebep olur.

İtalyan şarkıcısı Giovanna Marini halk türküleri derlemek
için köylere gitmiş, bir köyde ağıt dinlemek istemiş.
"Niye?" demiş köylüler, "birisi mi öldü?"
"Peki, bir düğün havası söyleyin" demiş Marini.
"Birisi evleniyor da haberimiz mi yok?" demişler.
Marini ne kadar uğraşsa da köylülere türkü söyletememiş.
Roma'ya dönmüş. Aylar sonra bir telgraf almış o
köylülerden. "Birisi öldü. Ağıt söylüyoruz. Acele gel."
İşte sır burada. Büyük müziğin sırrı bu!

Anaların ve sevgililerin yaktığı ağıtlarda, yanan bir yürekten
fışkıran lavları hisseder, iliklerinize kadar ürperirsiniz. Hiçbir
şair bu samimiyete ulaşamaz. Yürek o derece yanmadan,
tutuşmadan, kahrolmadan o ağıdı yakmak mümkün değil.

Şarkılar, eğer halkın derin ve gerçek ruhunu
yakalayabiliyorlarsa evrenseldirler.

Müziğin dilini ve dilin müziğini aradım hep.

Deniz, acıyı yakamozlandırır, tuzunda yakar,
sağlıklı, diri kılar ve Akdenizli şarkı söyleyip dans ederken,
"Eh işte böyle kardeş" der, "insan soyu ölümlü!
Acılar içinde, şu güzelim dünyaya doyamadan gider.
Gel biz bunu, insanın insana omuz verdiği bir
büyük sevince dönüştürelim." O zaman sevinç ile hüzün,
acı ile mutluluk birbirinin içinde erir.

Arabeskin yakınması, şehre göç edenlerin güzel kadınlara
ve zengin yaşamına kavuşmak için yalvarmasını,
Akdenizlinin şarkısı ise bir filozofun hüznünü yansıtır.

Rembetiko müziği öylesine efkâr dolu ki
"Bir of çekse karşıki dağlar yıkılır" gerçekten.

Aslında özgürlük gibi algılanan çok seslilik, müthiş bir
disiplin işidir; karşılıklı bağımlılığa dayanır. Armoni, yani
uyum da bu disiplinden çıkar işte.

İnsanın kendi tarihiyle doğrudan ilişki kurması nın
en çarpıcı örneği müziktir.

Çok sesli müzik kültürü her müzisyenin değişik partisyon çalması ama bütün bu değişik seslerin birbirine uyum göstermesi demektir. Armoni denen şey budur. Çok sesli toplum yapısı da böyle bir orkestraya benzer.

Halkı birleştiren en önemli öğe, simgelerden önce, ses sistemleridir; müzik makamları ve ritim duygularıdır. Halklar, ses sistemlerine, kıskançlıkla, tutkuyla sahip çıkarlar.

Hangi dilde şarkı ve türkü diye ayrı kelimeler var? *Song, lied, chansonne, tragudi*... Hep tek kelime. Bizde Şark'tan gelen müziğe şarkı (şarkî), Türk'ten gelen müziğe türkü (türkî) denir. Kaç yüz yıllık laflar bunlar! Müzik farklı kültürlerin iç içe yaşadığının göstergesi.

Bir ülkenin müziğini belirleyen en önemli öğe, o dilin "sentaks"ıdır. Türk müziği Türk diline göre, Alman müziği Alman diline göre oluşmuştur. İngilizcedeki tek heceli sözcüklerin bolluğu, rock, disco, rap gibi tarzların ortaya çıkmasına neden olmuştur. Şansonlarda pırıl pırıl parlayan Fransız dili, rock ritminde gülünç bir beceriksizliğe bürünür.

Tek sesli Türk müziğinde "şef" yok, "tef" var.

Bizim ezgilerimiz toprağa ve ölüme dönüktür. Arap, Fars, Bizans mistik kültürlerinde, müzik, karar sesini hep pes notalarda arar. Ve ufak melodik gezintilerden sonra, sesi karar perdesinde bağlar. Batı müziğinde ise notalar sanki kanatlanıp gökyüzüne uçmak ister gibi gittikçe daha yükseğe tırmanır. Hıristiyan borularının gökyüzüne dikili olmasına karşı, İslam neyinin toprağa bakmasının sebebi budur.

Müziğin her türü ve her biçimi, insan fizyolojisinde köklerini buluyor. Nefes almak, yürümek ve kalp vuruşları gibi faaliyetlerin doğal ritimlerini ve akustik yankılarını düşünmek, bunu anlamak için yeterli.

Dünyanın, dönüşü sırasında "Si" notası çıkardığı söylenir. Galiba en kalıcı ve en güzel ses, bu uzun "Si" sesi... Ötesi, cılız çırpınmalar; müziğin, ebedi sessizliği yırtma çabası.

Tarikat ayinleri de diskotekler de dakikada 124 vuruş formülüne dayanır. Danseden bir insanın kalp atış hızıdır bu. Transa geçirir.

Bizde "çocuk şarkısı" geleneği oluşmamış. Batı'dan uyarlanan birkaç parça dışında, Anadolu'nun yarattığı bir çocuk şarkıları geleneği yok. Birçok ülkede çocuklar neşe ve yaşam sevinciyle dolu masum şarkılar söyler ve doğa sevgisiyle haşır neşir olurken, bizimkilerin büyümüş de küçülmüş bitirim havalarıyla acı çekmelerinin ve inlemelerinin sebebi budur.

Doğadaki canlıların büyük bölümü (ister insan, ister hayvan, ister bitki) çiftleşmek için cinsel sinyaller yayar. Bu sinyaller kokuya ve sese dayanır. İnsan soyu da bu amaçla kokuyu (eskiden misk şimdi parfüm) ve sesi, yani müziği kullanır. Bizim gibi nüfusu çok genç olan bir ülkede, hormonlarının etkisi altında karşı cinse sinyaller gönderme ihtiyacıyla kıvranan ergenlerin pop müziğe ve bazen de haykıran, inleyen arabeske başvurmalarının tek nedeni budur. Yani Türkiye'deki sıradan insanların ortalama zevki, artık Osmanlı müziği, gerçek halk müziği ya da Batı klasik müziği gibi insan ruhunu yücelten soylu müzik türlerine değil, sadece ve sadece cinsel sinyal göndermeye kilitlenmiş durumda. Lağım kokan derelerin yakınında yaşayan insanların bir süre sonra bu kokuyu duymaz oluşları gibi, sıradan Türk insanı da bu müzik kirlenmesini algılayamıyor, normal sanıyor. Oysa Konfüçyüs'ün dediği gibi,[17] ülkenin ruhu ve ahlakı bu müzikle bozulmakta.

Koku kavramı portakal çiçeğini de kapsar çöplüğü de.
Müzik de böyle. İyi müzik ruhunuzu yüceltir,
kötü müzik ise işkencedir.

Kötü müziğe maruz kalmak bilinçaltınıza
tecavüz edilme halidir.

Adına arabesk denen kente göç müziği,
yaralı bir adamın haykırışı değil, yaralanmış taklidi yapan
bir adamın çığlığı.

Arabesk, "rembetiko"dan da, "blues"tan da farklı.
Sosyolojik olarak rap müziğine benzetilebilir.

Anadolu ve Rumeli halk oyunları arasında göbek dansı
yoktur; bizim geleneğimiz değil bu. Arabesk de
–adı üstünde– bize ait değil. Çok zengin olan halk
müziğimizin hiçbir tınısı arabeske benzemez.
Bu yüzden arabesk müzik akımını da Türkiye'nin
Araplaştırılması çabalarının bir izdüşümü olarak
görmek yanlış olmaz.

Arabesk şarkılar duygulu değil, duygusal!
Ve duygusallık da duyguyu öldüren en önemli saptırma.
Derin duygular içinde yaşayan insanlar bu yapay
duygusallığı görmeye dayanamaz! Böyle giderse, yeni
yetişenler, bu parçaları aşk şarkısı sanacak.
Aşk da unutulacak bu memlekette.

Konser salonlarında duyguya, pavyonlarda ise
duygusallığa rastlanır.

Umarım ileride bir gün "Bir ülke nasıl kaybedildi?"
diye bir kitap yazılmaz. Eğer yazılırsa, bu sürecin kente
göçle birlikte duyulan ilk arabesk tınısıyla
başladığı anlatılacaktır.

Ege'de zeybekler, ülkenin her yöresine yayılmış
Alevi deyişleri, semahları, mayalar, uzun havalar,
baraklar, o harika Karadeniz türküleri,
Kürt ağıtları, bozlaklar, hoyratlar, gelin havaları,
karşılamalar, Trakya şenlikleri, Abdal geleneği...
Böyle bir zenginlik, böyle bir miras...
Öte yanda da gözünü Grammy, Oscar törenlerinden
ayırmayan, ayna karşısında onları taklit ederek zıp zıp
zıplayan, Fransız şarabı içerek medeni olacağını sanan ve
çıktığı kabuğu beğenmeyen bir tosbağa grubu.

Halk deyince duyabildikleri tek şey; villalarına yakın
varoşlarda söylenen arabesk nağmeler.

Müziğin çok kuralı olduğu için öğrenmek zorundasın.
Nota öğreneceksin, armoni öğreneceksin, kontrpuan
öğreneceksin ama sadece bunun içinde kaldığın zaman da
tek boyutlu oluyorsun.

Hans Eisler'in sözü hep doğrulanıyor:
"Yalnızca müzikten anlayan kişi, müziği de anlayamaz."

Joan Baez şarkı söylerken yaşar ve yaşarken şarkı söyler.
Onun için sahneye çıkmak, hayatının doğal sayfalarından
birini daha kolayca açıvermektir.

Bemol ve diyezler hariç, topu topu yedi nota var.
Ne çıkarsa ondan çıkıyor. Beethoven da yedi notayı
kullanıyor, misket havası da... Bu yedi nota içerisinde hangi
mahareti gösterebiliyorsun, bütün mesele o.

Ben ses araştırmasına ve gözüpek denemelere girmeyi seven
bir müzikçiyim. Bu iş fırtınalı bir denize yelken açmaya

benzer. Batıp boğulma tehlikesi var ama sonunda İthaka'ya ulaşmak da mümkün.

"Sen niye askeri cuntanın astığı gençleri öven parçalar yaptın?" diyorlar. Ne yapsaydım cuntayı öven şarkılar mı? O parçalar benim onurumdur!

insan soyunun kendini anlatmasına dair

Kelimelerin tarih ve kültür içinde kazandığı anlamlar var, hiçbirini feda edemezsiniz. Bir örnek vereyim: Kalp, gönül ve yürek aynı anlamı içerir gibi görünür; ama kalpsiz, gönülsüz ve yüreksiz derseniz birbirinden çok uzak anlamlara gelir. Şimdi, bütün bu zenginliği atıp da bir kavramı tek kelimeyle karşılayabilir misiniz?

Ortada, yüzyıllardır kullanılan "kelime" gibi tumturaklı bir kelime varken, niçin "söz"ün küçüğü anlamına gelen "sözcük" demeye zorlanıyoruz ki? Yaşlı bir Anadolu efendisinin "Hele otur iki kelam edelim" deyişini edebiyattan çıkaracak mıyız? Pir Sultan Abdal'ın "Mecliste arif ol, kelamı dinle" dizesini unutacak mıyız? Dilde "ırkçılık" anlamına gelebilecek olan bu davranışı sol hareketlerin savunması garip değil mi?

Dil bir simgeler demeti.

Kelimesi olmayan kavramları yok saymak
bir düşünce sefaleti yaratıyor.

Kelimeler bizim gerçek hayatımız,
onlar olmadan biz yokuz.

Kelime sadece anlamı vermez, felsefe ve bilim tarihiyle
birlikte, bir kültür geçmişini yansıtır.

Dilden kelime atmak, bir lisanı fakirleştirmekten
başka bir sonuç doğurmaz.

Dili sadeleştireceğiz diye birçok kavramı kaybetmiş
durumdayız. Kuşdili gibi, iki yüz kelime içerisinde düşünce
üretmeye çalışıyoruz.

Kültürü kuşaktan kuşağa dil taşır.
Dilinize özen göstermezseniz yeni kuşakları bir kültür
çölüne mahkûm etmiş olursunuz.

Eğer yabancı kültürler, teknolojisiyle, felsefesiyle ve yaşam biçimiyle etki yapıyorsa, kelimelerinin de dile girmesi kaçınılmaz.

Dil, yazarların, şairlerin kalemlerinde gelişir, serpilir, boy atar ve değişir. Bir dili tüzüklerle yönetmek olanaksız.

Hiçbir yazar başkasının dilini konuşmamalı.

Anadil öyle bir şey ki aynı kavramı başka dilde söylediğinde bütün anlamı, rengi, kokusu yitip gidiveriyor.

Anadil, memleket demektir. Kökünden koparılmak kadar zor bir iş yoktur dünyada.

Türkçe bizim ana sütümüz. Dilimiz bizden saygı bekliyor.

Belki Türkiye'den uzakta yaşayabilirim ama Türkçe'den ayrı yaşamama imkân yok.

Bir insanın yabancı dildeki başarı oranı, anadildeki kavramsal gelişmesine bağlıdır. Başarının üst sınırı, kendi dilindeki kültür birikimidir. Anadilindeki kavramları bilmeyen bir kişi, yabancı dillerde de sınırlı ve kısıtlı kalmaya mahkûmdur.

Eğer bir gün Türkçe konuşmanız yasaklansa, böyle bir dil yok dense ne hissedersiniz? İşte Kürtleri anlamak ve empati buradan başlıyor.

Anadolu halkında bir dil dehası var.

Bu ülkedeki kavga; "yalnız" yazanlarla "yanlız" yazanlar, "muhatap" diyenlerle "muhattap" diyenler arasında. Bu bir sembol tabii ama önemli.

Sözden daha güçlü bir yol olsaydı, Tanrı kendini anlatmak için o yolu seçerdi.

Kelam düşünce demektir. Vakti gelen her düşünce ise sel suları gibi kaplar ortalığı.

Boşuna Kuran "Oku!" emriyle, Yuhanna İncil'i
"Önce söz vardı!" cümlesiyle başlamıyor.
Önce söz vardı, sonra da söz olacak.

Yaratıcılar hayatlarını sözün gücünü kanıtlamaya adarlar,
çanaklarına kemik atılmasına değil.

Bu dünyada hiçbir şey insanları söz kadar etkileyemez.
Ortadoğu sözün zirveye vurduğu yerdir. Hiçbir bölgenin
şiiri, menkıbesi, masalı bu kadar kuvvetli, insanın yüreğine
işleyen kudrette değil. İşte bu yüzden, insanları güzel
sözlerle büyülediklerinden, Ortadoğu'da şairler
büyücü sınıfına girer.

Bir insanın kendi geçmişindeki efsaneleri,
masalları, destanları, anıtları kabul etmesi
niçin faşizm olsun? (1991)

İnsan soyu ve tarih, destan söyleyenin
dilinde yeniden kurulur.

Kelimelendirilmemiş hayat yok! Her şey söylenmek ve anlatılmak için yaşanıyor.

Şiir silahtan güçlüdür.

Şiiri güçlü duygular ve güzel söz sananlara ne yazık.

Politik kavgalarınızı nasıl isterseniz öyle sürdürün ama o büyülü şiir kavramını rahat bırakın. (1998)

Şiir siyasete sığmaz.

Şiir duygudan çok düşünceye yazılır.
Zaten derin duygu ile düşünce bir noktada kesişir.
Duygusallık, gerçek duygunun düşmanıdır.

Şiirde kafiye tuzaktır. İstemediğin şeyleri söyletir.

Aforizma, Batı'da düşünceye, Doğu'da duyguya dayanır.

Bilimin sustuğu noktada şiir başlar ve
evrenin gizli kapıları şiirle açılır.

Bazı aydınlar, hayata coşkuyla, şiirle,
heyecanla yaklaşmıyor; her şeyin inceden inceye
hesaplandığı bir kariyer oluşturma yöntemi sonucunda,
insanları soğuk buzlu camlar ardından süzen
uzmanlara benziyorlar. İçlerinde şiir yok,
hesap kitap ve acımasız bir duygusuzluk var.

Tragedyalara tragudi yakışır.[18] Belki de bütün güzel
şarkıların, güzel şiirlerin hüzünlü olmasının ve "Melali
anlamayan nesle aşina olamamamızın"[19] sebebi budur.

Dünyanın en büyük aşk şairi, her kişi için
kendi dilindeki bir şair olabilir ancak. Benim için bu isim
yanık sevdaların ozanı Karacaoğlan'dır.

İyi şiir, insanın içine kök salan ve unutulmayan dizeler
yaratabilen şiirdir. Bu işin kimyası bilinmez.

Durup dururken "Mutlu aşk yoktur!" diye mırıldandığınızda,
Aragon'un şiir kaynağından susuzluğunuzu
gideriyorsunuz demektir.

İnsanların kısacık ömrü,
hikâyeler olmazsa neye yarar?

Ancak hikâyesi anlatılan insanlar var olur.

Hikâye anlatmak insan türünün ayırt edici
özelliklerindendir.

Yunan trajedilerini biliyorsunuz değil mi?
Milattan önce yazılmış oyunlar ama bugün hâlâ geçerli.
Bugün bile Oedipus Kompleksi diyoruz.
Peki, onlar yazıldığı zaman bilim neredeydi? Dünya'nın
düz olduğuna inanılan, mikropların bilinmediği, ilkel bir
emekleme çağında değil miydi? O zaman hangisi gerçek?
Bugüne ışık tutan, ölmeyen ve hiç ölmeyecek olan
hikâyeler mi, yoksa bilim mi?

Televizyonun karşısına geçmiş milyonlarca insan, kendilerine sunulan ucuz mavalları yutarak yaşamaya çalışıyor. Oysa her akşam yerli komedi seyrederek vakit öldürenlerin anne babaları müthiş masallar biliyorlardı.

Edebiyat, dünyanın en ciddi işi.

Edebiyat çıldıran insanlığın yüzüne tutulabilecek tek ayna.

Edebiyatın malzemesi doğrudan doğruya hayattır, bu yüzden sıkıcı bir şey değildir. İnsanlar zevk aldıkları için kitap okurlar. Edebiyat mutluluktur!

Duyguları anlamadan yaşamak olanaksız, bu eğitimi ancak edebiyat sağlar.

İnsan soyunun duygularını anlatan, psikolojik derinliklerine inebilen tek bir birikim var; o da edebiyat.

Bir insan ilişkileri yumağı olan siyasetin derinleşebilmesi ancak edebiyatın inceliği ile mümkün olabilir.

Edebiyatçıda aranması gereken asıl şart, tarafsız değil, objektif olmasıdır.

Edebiyatın gerçek gücü, yazılanda değil yazılmayanda. Satır aralarında.

Edebiyat toplumun temel direği!
Yaşamla aramıza koyduğumuz bir açıklama kılavuzu, bir insan ilişkileri rehberi... Geçmişimizde Yunus Emre, Dede Korkut, Pir Sultan Abdal, Karacaoğlan, Şeyh Galib, Baki, Nefi, Nedim, Evliya Çelebi bulunmasaydı halimiz nic'olurdu?

Birey ve toplum sadece bilimle açıklanamaz.
İnsan psikolojisinin ve toplum yapılanmasının, formüllere dökülemeyen alacakaranlık bir bölgesi var.
İşte edebiyat o bölgeyi aydınlatarak, kendimizi tanımamıza yardımcı olur.

Edebiyatta köksüzlük, geçmişi körü körüne
tekrarlamak kadar anlamsız.

Rus edebiyatını büyük kılan en önemli öğe,
şefkat duygusu.

Prag'ı gezerken Kafka'yı, Hrabal'ı, Haşek'i, Havel'i,
Kundera'yı daha iyi anlıyor insan.
Bu edebiyat Akdeniz'e yakışmazdı.

Ölüleri konuşturamazsan şehrin geçmişini
romana katamazsın.

Tarih bize olayların kaba çizgilerini anlatıyor, roman ise
etten kemikten yaratılmış insanların duygusal dünyasını,
yaşadıklarını, hırslarını, öfkelerini,
sevdalarını betimlemekte.

Karakterleri ve hikâyesi olmayan roman yumurtasız
omlete benzer.

Roman, insan ruhunu didik didik etmenin en gelişmiş
biçimi. Ne sinema ulaşabilir o derinliğe ne müzik
ne de resim!

Festival filmi denilen tür güzel örnekler veriyor ama
keşke sadece iletişimsizlik, yalnızlık gibi konularla
sınırlı kalmasalar ve insan hayatının başka
yönlerine de eğilseler.
Hayat sadece trajik değil trajikomik.

Tarkovski elbette iyidir ama Slav hüznünü ve yalnızlığını
mistik bir üslupla anlatır. Başka ülkelerce taklit edilemez.
Yahya Kemal bunu çok güzel söylemiş:
"Duydumsa da zevk almadım İslav kederinden."

Piyano nasıl dinlenmek için çalınırsa, roman da okunmak
için yazılır. İkisinin de temelinde "haz" denilen o sanat
büyüsü var.

Bir romanın derin ve nitelikli olması,
okuma zevki vermesine engel değil ki.

Homeros da okuyacaksın, Cervantes de,
1001 Gece Masalları da okuyacaksın, Mevlana da ve
bugüne kadar getireceksin. Ben kendi kuşağımda, kendi
dünyamda ne yapabilirim diyeceksin ama bu köke
sadık kalarak yapacaksın.

Popüler edebiyat denilen sabun köpüğü kitapları
savunmuyorum. Zevk veren, karakter yaratan romanlar
yazmayı beceremedikleri için okurları popüler türlere
itenleri suçluyorum. Ve genç yazarları, bu çıkmaz
yola sapmamaları için uyarıyorum.

Acıyı çok abartarak anlatamazsınız.
Anlattığınız zaman o, "ucuz roman" haline dönüşür.
Acıları dramatize ederek anlatırsanız melodram olur,
ama o acıyı daha mesafeli bir şekilde anlatırsanız,
trajik olana ulaşırsınız.

Aktörler ruhları ve bedenleriyle kılıktan kılığa girer,
yazarlar ise yarattıkları karakterlerle. İkisinin de temelinde
empati yeteneği var.

Derin bir romanı sürükleyici bir dille anlatmak
çok zor bir iştir. Bunu ancak kendisine güvenen ve
metnini entelektüel bir maske arkasına gizlemeye
yeltenmeyen yazarlar başarabilir. Tıpkı konusunu çok iyi
bilen bir doktorun en zor konuyu bile anlaşılır kelimelerle
açıklayabilmesi ama acemi ve yetersiz bir doktorun yabancı
terimler arkasına saklanmak istemesi gibidir durum.

İnsanlığın mirası olan büyük romanlar,
editör ve eleştirmen teröründen rastlantıyla kurtulan şanslı
yapıtlardır ancak.

Yazar, kişisel olarak kendini bir davaya, bir ideolojiye,
yurt savunmasına, monarşiye ya da cumhuriyete adayabilir,
ama bu bağımlı durum onun eserini etkilemeye başladığı
zaman büyük bir zayıflık ortaya çıkar.

Hiçbir büyük yazarın asıl derdi bir şeyler yazmak değildir.
Onların bir meselesi vardır: Anlamak; hayatı anlamak,
insanı anlamak, hayata müdahale etmek.
Anlatmaktan önce anlamak için uğraşır onlar.

Yazmanın birinci kuralı okumaktır.

Yavan, kuru, okunmaz metinler yazıp okur kitlelerini
cahil yerine koyarak kendilerine mazeretler üretmek,
bir romancı için, beceriksizliği bir tür entelektüel
egoizmle saklama çabasıdır.

Büyük yazarlar, bir buzdağının su altındaki kütlesi gibi,
yazmadıklarını sezdirme yetisine sahiptirler.

Şöyle bir kurala inanıyorum:
Eğer bir masa başında oturduğunda arkadaşlarına
anlattığın zaman ilgilerini çekecek, seni en azından yarım
saat dinlemelerini sağlayacak kadar ilginç bir konun
yoksa hiç yazmamak daha iyi.

Edebiyatın okulu olmaz! Edebiyat hocalarının okulu olur da
yazarlık okulu olmaz. Yazarlığın tek yolu usta-çırak ilişkisi,
ustalar da kitaplardır.

Genç yazarların olgunlaştıkça,
usta yazarlara öykünmemesi, kendi sesini bulması gerekiyor.
Herkesin yüzü, parmak izi ayrı, sesi ayrı.

Postmodern oyunlara hapsolursanız,
edebiyatı hayattan tümüyle dışlamış olursunuz ki
kimsenin gücü buna yetmez. Troya Savaşı'nı anlatan
Homeros, Fransa- İtalya Savaşı'nı anlatan Stendhal,
Borodino Savaşı'nı anlatan Tolstoy, Sibirya hapishanelerini
anlatan Dostoyevski, Fransız Devrimi'ni anlatan Balzac,
derin yoksulluğu anlatan Dickens, edebiyat panteonundan
sizi acıklı gözlerle süzer. Çünkü meşhur sözdür:
"İnsanım ve insani olan hiçbir şey bana yabancı değil."[20]

Osmanlı-Sırp Harbi sırasında Dostoyevski halk kitlelerinin
hoşuna gidecek biçimde, palasının ucuna küçük bir bebek
takmış "Barbar Türk" imgesini besleyen milliyetçi yazılar
yazıyordu. Tolstoy ise buna karşı çıkıyor,
Türkleri de anlamak gerektiğini söylüyordu. Ve elbette
büyük protestolarla, "vatan haini" suçlamalarıyla
karşılaşıyordu. İnatçı ihtiyar bunlara aldırmıyor, üstüne
üstlük Sibirya'daki Türk esirleri ziyaret ediyordu.
Puşkin de savaş izlenimlerinde Türkleri insan olarak
anlatıyordu. İşte büyük yazarlar böyle oluyor.
Dostoyevski de büyük ama düşüncelerinde her zaman
bir çarpıklık var.

Tolstoy da kitap yazdı, Adolf Hitler de Mussolini de;
sorun yazıda değil, kimin ne amaçla yazdığında.

"Kitap okumak faydalıdır" demek, ancak "Kitap okumak zararlıdır" demek kadar doğru olabilir veya o kadar yanlış.

Romanı bir yazar oturup tek başına yazıyor. Ama film çeken yönetmen, başka insanların yaratıcılıklarına da güvenmek zorunda.

Romanı okuyan her okuyucu konuyu kafasında filme çekiyor. Hayal gücü oranında yeniden kuruyor o dünyayı. Film yönetmeninin, her okuyucunun kafasındaki dünyayı canlandırması zor. Çünkü o da bir okur ve filmi, okuduklarını yorumladığı şekilde çekiyor. Oysa ne kadar okur varsa, o kadar da farklı yorum var.

Büyük romanları her kuşak yeniden filme çeker. Çünkü söz eskimez, görüntü eskir.

Kitapların yaydıkları hümanist ve sınıfsal fikirlerden hiç hoşlanmadıkları için edebiyatı, varlıklı ve züppe entelektüeller arasında oynanan içi boş bir oyuna çeviriyorlar. Hitler'in kitap yakmasından daha vahim bir gelişme bu.

Kapitalist dünyanın gerçek edebiyatı halk kitlelerinden uzaklaştırmasının ve bunu bir "entelektüel oyun" haline getirmesinin bir amacı var elbette.
Söz sanatları, her zaman tehlikeli sayılmıştır. Çünkü insanları, düşünmeye, sorgulamaya, bilinçlenmeye, başkaldırmaya davet eder.

Bugün Amerika'da niçin *Gazap Üzümleri*, *Şikago Mezbahaları* gibi romanlar yazılmadığını merak ediyorum doğrusu. Bence bu ideolojik bir tercih.

Tanrı bile insanlara kitaplarla seslendi.
Darwin, Marx, Freud, Einstein dünyayı kitaplarla değiştirdi.
Bu yüzden gerçek edebiyat "kapitalist diktatörlük" için tehlikeli bir tür.

Dünyayı değiştiren, kitaplardır.

Şairleri, yazarları bir ülkenin dilinden ve kültüründen silip atamazsınız. Israr ederseniz sonunda silinen siz olursunuz.

Eğer bir kültürün oturmuş kavramlarını bambaşka bir kültüre olduğu gibi çevirirseniz ortaya saçmalık çıkar. Çünkü önemli olan dilden dile değil, kültürden kültüre çevirmektir.

İyi çevirmenler eseri kendi dillerinde tekrar yazarlar.

Mevlana neden ortak değer? Çünkü Farsça yazmış. Eğer Türkçe yazsaydı, üzgünüm ama dünyanın ondan pek az haberi olurdu. Yunus Emre, Şeyh Galip daha az değerli olmamalarına rağmen dünyada tanınmaz ama Ömer Hayyam, Sadi, Hafız, Rumi çok okunur. Bunda Farsçanın ve elbette Goethe'nin büyük payı var.

Doğu'nun cehline ve Batı'nın kibrine dair

Batı'nın kibri ve Doğu'nun cehli;
iki yanı keskin Acem kılıcı.

Yüz elli yıldır Batı'nın kibriyle,
Doğu'nun cehli arasında bunalıyoruz.

Batı için kendileri insan, diğerleri ise "etnik" kategoride anılacak zavallılardır. Bunlarla ya alay edilir ya da Batılının acıma hisleri tatmin edilir.

Batılı suçluluk duyar. Doğulu utanır.
Doğu insanı için mahcup olmak,
vicdan azabı çekmekten önemli.

Batı toplumları düşünce eserleriyle ve bilimle,
Doğu toplumları ise şiirle dönüşür.

Batılı her seçimde ayrı partiye oy vermekle,
Doğulu da dedesinden beri aynı partiyi seçmekle övünür.

Bizde siyasi partiler, üyelerinden mutlak bağlılık bekleyen
modern kabilelerdir.

Din Ortadoğu'da rejim olarak yer alıyor,
sıkıntı burada.

Aydınlanma, Endülüs, Rönesans, Darül Hikme,
İskenderiye gibi örneklerin tümünü ortak kültür mirasımız
olarak kabul etmedikçe huzur bulamayacağız.

Doğu toplumlarının çok büyük bir derdi var:
Kıskançlık! Kıskançlık, haset ve gözü kör eden öfke
bu kadar gelişmiş olmasaydı, Doğu toplumları da en az
Batı toplumları kadar hamle yapabilir ve ileri gidebilirdi.

Batı, tek boyutluluk ve tek bir üniforma değil ki!
Bugün ikisi de Avrupalı sayılan Finlandiyalı ve Portekizli arasında hiçbir benzerlik yoktur. Ne yemekleri ne müzikleri ne görünüşleri ne de kültürleri birbirine benzer.
Ama iki ülke de Avrupa düşüncesinin temelini oluşturan ilkeleri benimsemiştir.

Şark'ta her şey kişiselleşir. Bir kişinin başarısı veya başarısızlığı üstüne kurulur bütün dedikodular.

Doğu'da şişmanlar el üstünde tutulur, zayıflık ise ayıptır çünkü yoksulluk anlamına gelir.

Ortadoğu'da düşmanlıkla dostluk çok çabuk yer değiştirebilir.

Ortadoğu'da insanlar tarih boyunca birbirini öldürür ama aslında kendini öldürdüğünü anlamaz.
Kendi kanının tadından sarhoş olur.

Doğu'da "Mağrur olma padişahım!" denir, "senden büyük Allah var!" Ama bu da hiçbir işe yaramaz.

Batı düşüncesi kurumamak için, kendi ekseninde dönmek ve "Eurocentralism" denilen "Avrupa Merkezileşmesi"nde ısrar etmek yerine, Doğu'nun büyük değerlerini de benimsemek zorunda. Bu konuda Goethe ve *Weltliteratur* (Dünya Edebiyatı) kavramını okumaları yeterli.

Doğu ile Batı arasındaki mesele "Medeniyetler" ya da "Cehalet" çatışmasından çok "Önyargılar" çatışması.

"Düşünüyorum o halde varım" diyen bir kültürün karşısına "Düşün düşün b.ktur işin" yaklaşımıyla çıkamazsın. Mümkün değil.

Doğu Batı'yı, Batı'nın Doğu'yu tanıdığından biraz daha iyi biliyor ama Batı ve Doğu diye adlandırılan medeniyet biçimleri, birbirini yeterince tanımıyor. İletişimin bunca ilerlediği bir dönemde hâlâ "Cahiliye" dönemini yaşıyoruz.

Biz, kalbi ve beyni Avrupa'da, gövdesi Asya'da, eklektik bir ülkeyiz.

Çağlar boyunca Türkler hep Batı'ya doğru ilerler. Kentlerimiz bile Batı'ya doğru gelişir. Ben bu maceraya "Bin yıllık yürüyüş" diyorum.[21]

Doğu Roma hanedanı ile başlangıçta akraba olmaları Osmanlının çok işine yaradı. Osmanlıları büyüten strateji birdenbire Batı'ya geçiş yapmaları.

Doğu ve Batı uygarlıklarını karşılaştırmış olan Kemal Paşa'nın Batı uygarlığını model olarak seçmesinde garipsenecek bir yan yok. Çünkü Selanik'te doğup büyümüş, Manastır'da okumuş, Sofya'da bulunmuş, imparatorluğun Avrupa'daki bölümü ile Asya'daki, Kuzey Afrika'daki, Ortadoğu'daki bölümleri arasında gerekli karşılaştırmaları yapıp dersler çıkarmıştı.

Bizim ülkemizin kuruluş prensiplerinden, en önemli ilkelerinden biri Ortadoğu'ya bulaşmamak. Çünkü Ortadoğu bizim toprağımızdı. Suriye Cephesi'nden çekilişin komutanı Mustafa Kemal'di. Orada neler yaşandığını gördü. Dedi ki şu Ortadoğu'ya bulaşmayın çok tehlikeli bir yer. Yönünüzü Batı'ya çevirin. Şimdi bizim yönümüzü tekrar Ortadoğu'ya çevirdiler. Bir devletin kuruluş ilkeleri ile bu kadar kolay oynayamazsın. (2016)

Tarihsel ve kültürel bağların yarattığı "doğallık" açık denizlerdeki pusula kadar önemli. Türklerin Orta Asya'dan çıkışlarından beri batıya, daha batıya ulaşma istekleri zaman zaman dönüp geriye bakma gerekliliğini unutturmuş. Oysa "Kızıl Elma" düşünden daha önemli bir gereklilik var: "Doğallık!"

Türk toplumunun, "Tanrı Janus" gibi iki yüzü var.
Biri Batı'ya, biri Doğu'ya dönük.
Hem ikisiyiz hem de hiçbiri.

Biz, bu ülkenin okur yazarları, boşluğa düşen bir trapezci gibiyiz. Doğu askısını bırakmış, Batı askısını da yakalayamadan aşağı düşmüşüz.

Batı'nın gözünde "iyi Türk-kötü Türk" ayrımı bile yok, sadece Türk var.

Türkiye Batı'dan dışlanıyor. Bu da ister istemez Türkiye'nin Ortadoğulu olması demek. Ortadoğulu olmanın Türkiye için ne anlama geldiğini söylemeye gerek yok. Türkiye'nin yerini Batı'da görenlerle, Doğu'da görenler arasında bir uzlaşma söz konusu değil. (1990)

Bize lazım olan Avrupa Birliği üyeliği değil, Avrupa Birliği değerleri. Bunu elde etmek de onların değil bizim elimizde.

Dikkat edin: Batı'nın ciddiye aldığı Türk sanatçısı ve aydınlarının hepsi, kendi kültürleri içerisinde davranan, kendi insanlarına bakan yaratıcılardır.

Doğu taklitçileri arabesk ise,
Batı taklitçileri de eurobesktir. (1990)

Türkiye'nin Batılı olması, kendi kültürünü korumasıyla mümkün olacaktır. Dünyada başarıya ulaşmış "taklit ülke" yok.

Sorun öykünme olunca, iki büyük sistem arasında gidip geliyoruz. Doğu ve Batı, gelenek ve çağdaşlık...

Toplum, müziğiyle, giyimiyle, mutfağıyla, diliyle, önce ikiye, sonra onların türevleri olan yüzlerce parçaya ayrılıyor.

Doğu'ya öykünmek ile Batı'ya öykünmek arasında, nitelik olarak fark yok. Temel soru, "özgün" bir kültür yaratıp yaratmamış olmamız.

Türkiye'de farklı insan grupları yaşıyor. Ama en keskin ayırım, Doğulu Türklerle, Batılı Türkler arasında. Bu iki kesim birbirine yabancı. Aynı müziği dinlemiyor, aynı yemeği yemiyor, aynı şekilde giyinmiyor ve konuşmuyor. Önümüzdeki dönem, Doğulu Türklerle, Batılı Türklerin mücadele dönemi olacak. (1990)

Türkiye'deki insan hakları ihlalleri, Batı'nın tepkisini çekerken, aynı Batı, Suudi Arabistan'da kellesi uçurulan, elleri kesilen insanlar karşısında sessiz kalıyor. Çünkü Suudi Arabistan başka bir sisteme, "Doğu despotizmi"ne ait... Türkiye ise, "Batılı" olduğu iddiasında. Eğer Türkiye de "Doğu" içinde yerini alırsa, ne despotizm ne kadın-işçi-çocuk hakları ne de yargılamalar Batı'yı ilgilendirecek. Yüzyıllardır süren kültürel ikilemimiz, böyle mi noktalanacak? Dünyanın yeniden biçimlendirilmesinde, bize bu rol mü verildi acaba? Bütün bu olup bitenler, böyle bir global planın parçaları mı? (1990)

Batı kendini tanımlamak için her zaman bir
"ortak düşman" arıyor. Bir zamanlar komünizm olan ortak
düşman kavramı, şimdi yerini İslam'a bırakıyor.
Ateşle oynamak bu... Komünizm gibi nispeten yeni bir
ideolojiyle, din ayrımlarının insanların yüreğine kök salmış
derinliği karşılaştırılamaz. Din savaşlarından çok acı çekmiş
dünyaya, yeni din savaşları hediye etmek kimsenin işine
gelmez. Batı'nın düşman olarak görmesi gereken olgu İslam
değil, bazı İslam ülkelerindeki koyu cehalet.
Böyle ülkelerde halk kolayca yönlendirilebiliyor ve din
cambazı politikacılar yoluyla din duyguları sömürülebiliyor.
Sonuçta Batılı aydınlar ve devlet adamları İslam'la diyalog
kurmak ve onu anlamaya çalışmak zorundalar.
Barışı korumanın tek yolu bu. Yoksa en ılımlı Müslüman
bile kendisini dışlanmış hissedecek
ve radikalleşecek.[22] (1995)

memlekete ve halka dair

Memleket kimlik demektir, sevdiklerin demektir, ölmüşlerin demektir; kısacası memleket "sen" demektir.

Neden bazıları, memleketi kendilerinin daha çok sevdiğini ileri sürerek bir ayrıcalık elde etmeye çalışırlar?

Cuntalardan, generallerden, başbakanlardan, polis şeflerinden çok daha fazla sevdim bu memleketi. Karşılıksız sevdim, kötülük gördüğüm halde sevdim. Gerçek yurtseverler bizleriz.

Kimsenin toprağından tamamen kopmasına imkân yok. Ağaçlar, bitkiler gibi o toprağa dikilmişiz. Sürgünün en kötü yanı da bu. Doğaya aykırı sürgün. Mutlu bir sürgün yok ve olamaz!

Mültecilik yarı ölüm gibi bir şey.

Ben tanıdığım, bildiğim, içinde büyüdüğüm Türkiye'yi özlüyorum. Birbirine saygılı, efendi insanların yaşadığı, gösterişten nefret eden, herkesin ayağını yorganına göre uzattığı, orta halli ve kanaatkâr bir Türkiye gözümde tütüyor.

Burası Türkiye!
Yani "Güzeli ağlatıp, çirkini söyleten" ülke!

Türkiye, hayatları haber bültenleriyle değişen insanların ülkesidir.

Kendimizi kandırmayalım: Türkiye'yi, böbürlenerek ve devletin sıfatlarını büyüterek kurtarmak mümkün değil. (1997)

Çatı çökerse hepimiz altında kalacağız. Ülkenin bir yanı feryat figan, öte yanı güllük gülistanlık olamaz.

Türkiye Cumhuriyeti'nde birbirine taban tabana zıt iki millet yaşıyor. Bu milletleri AKP'liler ve CHP'liler diye tanımlayamazsınız, Türkler-Kürtler diye de. Kadın-erkek, doğulu-batılı, kuzeyli-güneyli, eğitimli-eğitimsiz, köylü-kentli, zengin-fakir, sağcı-solcu, muhafazakâr-modern gibi ayrımlar da bu iki milleti anlatmaya yetmez. Esas ayrım nerede biliyor musunuz; uygarlarla vahşiler arasında.

Türkiye iyi niyetli insanlara göre bir yer değil.

Bir "harami saltanatı"nı sürdürmek için, bunca kan, bunca gözyaşı, bunca acı, bunca adaletsizlik, bunca hunharlık... Şu kadim Anadolu toprağı ne zaman zulümden kurtulacak? (1997)

Eğer bu vurgundan, bu düzenden ve bu kokuşmuş barbarlıktan memnunsanız, hiçbir şeyin değişmesini istemiyorsanız, "Büyük Türk Milleti" nutuklarıyla çevreyi kandırır, eleştirenleri de "Vatan haini" ilan edersiniz, olur biter. Ama eğer bu ülkeyi seviyorsanız ve bugünkü durumuna içiniz yanıyorsa, gelin aynaya bakmaktan korkmayalım! (1993)

Ben milletimle gurur duyarım diyen bir kişiye soracaksın:
"Bir kızın kafasını testereyle kesen gençle gurur duyuyor musun? O da senin milletin. 11 yaşında çocuğa tecavüz edenler de milletin değil mi?" O "Yok!" diyecek tabii.
"O zaman neyi kastediyorsun?"
"Ben milletimin içindeki temiz insanları kastediyorum."
Şimdi anlaşalım o zaman; bazılarını dışlıyoruz.
Demek ki insani özellikler
millet olma özelliğinin önüne geçiyor.

Isırgan ektiğin tarladan menekşe bekleyemezsin.
Halk da böyle.

Ülkenizi, yurdunuzu, toprağınızı şartsız seviyorsanız,
siz de halk tarafından sevilirsiniz.

Biz Türkiye halkı, dünyanın diğer halklarından daha kötü bir yaşama layık değiliz.

Tarih, kendinden utanarak gelişen
bir halk görmemiştir.

Belki daha çekeceğimiz acılar var ama en sonunda halk kazanacaktır.

Halkçılıkla, halk dalkavukluğu birbirine karıştırılmamalı. Halk varoş çarpılmasından ibaret değil.

Arabesk, halk anlamına gelmez.

Türkiye'nin dilinden halk düştü millete dönüştü. Halk kavramı temizlik içerir. Kendini temizlemeyi bilen büyük bir denizdir halk. Karacaoğlan da Pir Sultan Abdal da Dadaloğlu da halktır.

"Halk neylerse güzel eyler!" Halkın iyiyi, doğruyu ve güzeli anlayacağına inanırım. Ama yasaların, kuralların ve bunlara uyma ahlakının, yani örgütlülük bilincinin yerleştiği bir ortamda.

Evrensel bakış halkların ruhunu anlamaya çalışmaktır.

Halkını, ülkendeki insanları seviyorsan,
dünyadaki insanları da seversin.

Milletini sevmekle milliyetçiliğin ne ilgisi var?
Halkını, insanlarını, milletini sevmek, sağlıklı biçimde
sevmek, gerçek bir duygudur. Milliyetçilik ise soyuttur.
Yabancı düşmanlığıdır. Aynı şekilde, dincilik de bir dine
bağlı olmaktan bambaşka bir şey.

Biz sorulardan ve açıklamalardan hoşlanmayız.
Yüzlerce, belki de binlerce yıldır, durgun ve ılık bir suya
gömülür gibi içine dalıp rahatladığımız şahane tembelliğimiz,
bizi sorulardan, eleştirilerden ve kendi kendimizle
hesaplaşmaktan alıkoyar. Bol bol evet ve hayır deriz.
Ama "Niçin evet?" ve "Niçin hayır?"
yoktur sözlüğümüzde.

"Türk'ün Türk'ten başka dostu yok!" yerine,
"Türk'ün Türk'ten başka düşmanı yok!" desek yeridir.
Elbette birçok düşman var da hiçbiri Türklerin Türkler'e
verdiği kadar zarar veremiyor. "Her ağacın kurdu
özünden olur."[23]

Bir kuşağın kan revan içinde tepeye kadar
çıkardığı kaya, ta en dibe yuvarlanıveriyor.
Ve Sisyphos efsanesindeki gibi
Türk toplumunun yazgısı, gene o kayanın altına girip,
tepeye kadar çıkarmak oluyor.
Doruğa vardığı anda,
gene yuvarlanacağını bile bile.

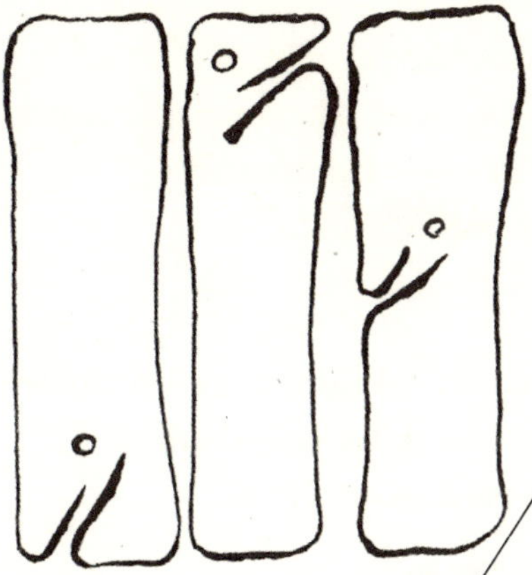

üç kutuplu Türkiye'ye dair

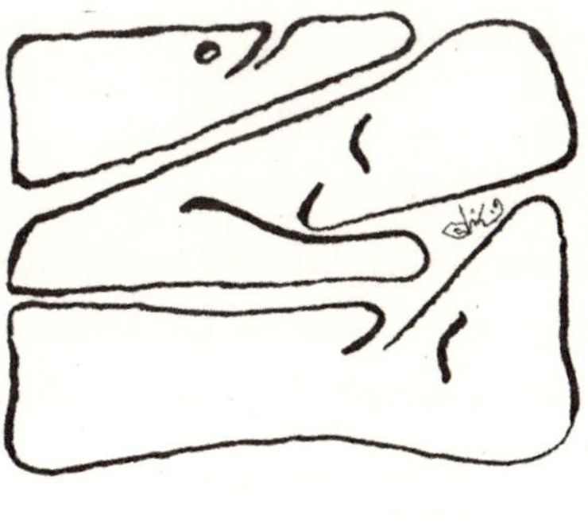

Laik cumhuriyetçiler ile demokratik cumhuriyetçiler arasında başgösterecek bir çelişki ancak karanlığın işine yarar. (1997)

Sentez yaratmak; bu memlekette daha güzel yaşamak için en büyük fırsatımızdır. Hepimizin hayatını zenginleştirecek ortak yolumuzdur.

Kamplaşa kamplaşa birbirimizi boğazlayacak hale mi geleceğiz? Durmadan sloganlarla mı konuşacağız?

Bir yabancıyı getirip bir özel uçakla önce İzmir'e, sonra Konya'ya, en son da Diyarbakır'a götürün, birer saat gezsin "Üç ülke gezdim" der.

Darbeciler solu budadılar, sağı bir başka hale getirdiler
ve ondan sonra üç kutuplu bir Türkiye oldu.
Yani din hareketi, Türk milliyetçiliği hareketi,
bir de Kürt hareketi olarak bölündü. İşte bu çok tehlikeli.
Bu, ülkeyi yüzyıllar öncesine, tarihsel nefretlere,
önyargılara geri götürmek demek. (1995)

Toplumlar dizayn edilemez. Sola karşı milliyetçilik,
ülkücülük, onun yarattığı şiddete karşı din öne sürüldü.
Ama bunun sonu yok.

Kimisi din toplumu niyetlerini "demokratlık"
maskesinin ardına gizliyor. Kimisi "faşizm" özlemini
"laiklik" diye sunmaya kalkıyor. Herkesin dilinde din,
demokrasi, insan hakları, laiklik, uygarlık,
milliyetçilik gibi kutsal kavramlar var.
Ama arka plan kan ve gözyaşı.

Türkiye'deki iç dinamikler laik yaşamı tehdit eden bir
oluşumu ortaya çıkarırken, dış dinamikler Türkçülük
konusunu gündeme getiriyor. Bize dünyada yeni bir kader
çiziliyor diye kaygı duyuyoruz. (1990)

21. yüzyılın kurnazları, doğruyu eğriye karıştırıyorlar. Müthiş bir formül bulundu. Bir kaba, biraz doğru koyun, biraz eğri. Biraz yalan, biraz da gerçek ilave edin ve iyice karıştırın. Bakın bakalım bu acı ilacı, fanatiklerden başka kim içebilecek.

Günümüz Türkiye'sinde laiklik ve anti-laikliği gâvurluk ve Müslümanlık biçimine sokarak, insanları birbirine düşürmekten daha tehlikeli bir yanıltmaca olamaz. Bu kavga, Türkiye'nin dinamitidir. (1993)

21. yüzyılda kutuplaşmaya, nefrete ve korkuya dayalı bir birlik kurulabileceğine inanmıyorum. (1996)

20. yüzyıl ne kadar bir toplumsallaşma, kitleselleşme çağıysa, 21. yüzyıl da o kadar bireyselleşme çağı. Ama Türkiye hâlâ kitleselleşmekten dem vuruyor: Ortak amaçlar uğruna bireylerin can verdiği, toplum liderlerinin gelecek kuşaklar adına bugünkü kuşaklardan fedakârlık istediği, din, ideoloji, ırk ve milliyetçilik uğruna kan dökmenin meşru görüldüğü bir Türkiye modeli var kafalarda. (1999)

Kutuplaşmış ve çeteleşmiş bir ülkede, herkesin yerinin, grubunun, ideolojisinin belli olması istenir. Hiç kimse birbirinin üstüne kafa yormaz, onu anlamaya çalışmaz, bağımsız kafaya tahammül etmez.

İdeolojik kutuplaşmanın bir önemi yoktur. İleri demokrasiler sağ ve soldan ibarettir. Ama dini ve etnik bölünme olursa onu toparlayamazsınız. Durum ülkenin bölünmesine gider.

Kürt yurttaşlarımıza yapılan zulme karşı çıkarım ama şehitlerimizin ve terörün katlettiği öğretmenlerimizin, genç kızlarımızın ağıdını da yakarım. Bu kadar kutuplaşmış bir ülkede öfke nöbetlerine kapılmamak gerekiyor. Hepimiz Türkiye'yiz ve hayatı birbirimize cehennem etmenin âlemi yok!

Bugün Türkiye üç kutba bölünmüşse, bunda en büyük suç sürekli toplum mühendisliği yaparak, doğal gelişmeye müdahale edenlerindir. Eğer Batı demokrasilerinde olduğu gibi ana sağ ve ana sol akım iki büyük nehir gibi aksaydı, insanlar bugün olduğu gibi etnik ve dini bölünmelere uğramayacaklardı.

Kimi "ulusalcı sol" adını takıyor kendine, kimi "liberal sol." Kısaca "sol" demek yetmiyor, nasıl bir sol sorusunun da cevaplanması gerekiyor. Türkiye üç kutba bölünmeden önce böyle bir sıfata gerek duyulmaz ve sadece "sol" demekle yetinilirdi.

Kardeş kavgası yaşanan ülkelerde hep aynı oyun oynanıyor. Önce toplum çeşitli kutuplara bölünüyor. Bu kutuplar arasındaki kin ve nefret, keskin bir ustura ağzı gibi sürekli bileniyor. Daha sonra iş karşılıklı cinayetlere geliyor: Bir sizden bir bizden... Üç bizden beş sizden... Derken olay çılgınlık boyutuna yükseliyor ve kardeş kardeşi boğazlamaya başlıyor. Toplum adeta bir kan tutkusuna kapılıyor: Baba evladını öldürüyor, evlat babasını. (2009)

Bir zamanlar sol ve sağ hareketlerin içinde Türk, Kürt, çok az da olsa Ermeni, Rum herkes yer alıyor ve kimse birbirinden farklı olduğunu düşünmüyordu. Bu insanları büyük politik kimliklerinden ayırıp daha alt gruplara bölenler, sözüm ona Türkiye'nin birlik ve bütünlüğünü sağlamak için yola çıkanlar oldu.

Türkiye'de bizi ayıran noktalar var. Değişik ideolojiler, anlayışlar, siyasi görüşler keskin kutuplaşmalara yol açıyor. Ama bir an düşünürseniz, bizi birleştiren noktaların daha çok olduğunu görürsünüz. Gelin içimizdeki iyilik kurdunu[24] besleyelim ve bizi ayıran değil, birleştiren noktaları bulmaya çalışalım.

Gelin tarihteki şahsiyetler üzerinden kavga etmeyi bırakalım; bizi ayıran yüzde üçlere, beşlere değil; bizi birleştiren yüzde doksan beşe bakalım. Kavganın ve öfkenin şehveti yerine aklın, sağduyunun, kardeşliğin, adaletin dilini egemen kılalım.

Eğer bu halk bayrak, ezan, Kuran, Allah, ordu, vatan gibi kutsal kavramları kendi çıkarlarına alet eden uyanıklar tarafından kandırılmaya devam ederse belini doğrultamaz. Şarlatanların ve kötü niyetlilerin yarattığı çılgınlık ortamlarında, doğruyu eğriden ayıramadan sürüklenip gider. (2005)

Bu ülkeyi gerçekten seven yurtseverlere düşen görev, durumu iyi değerlendirerek kan tuzaklarına sürüklenmemek, kutuplaşma şehveti içinde "Yaşasın ölüm!" çığlıkları atmamak ve her şeye rağmen barışı, insanlığı, kardeşliği savunmaya devam etmek.

şiddet kültürüne dair

Öldürme eylemini toptan reddedemiyoruz. Öldürmek bazı durumlarda mübah sayılıyor. Ya öldürme eylemini toptan reddedeceksiniz ya da şiddetin artmasına katlanmak zorunda kalacaksınız.

Kendi eliyle canlı öldürmeye alışmış birisi için hayvanla insan arasındaki sınırı aşmak çok kolay. Çünkü ikisi de aynı acıyı çekiyor, ikisinden de kan fışkırıyor. Ya öldürmeyi tümden dışlayacaksın ya da boğaz kesmeyi kutsal kabul eden kültür seni alıp sürükleyecek.

İnsan eğer diğer canlıları öldürmeyi bırakabilirse hemcinsini öldürmeyi de bırakır.

Mesele bütün öldürme araçlarına karşı çıkmak. Topyekûn!

Bazı yerel kültür, gelenek ve töre kavramları şiddete karşı bir bağışıklık sağlıyor.

Bastırılan cinsellik giderek şiddete dönüşmekte... Zaten akraba duygular değil mi bunlar?

Dünyada, soyun devamı için gerekli olan ve herkesin yaptığı cinsel eylemler sansürlenirken, makineli tüfeklerle insanların biçildiği, kafaların koptuğu, gözlerin oyulduğu sahnelere hiç itiraz yok. Oysa sevişmek dünyaya bir canlı getirmek güdüsüyle ilgili, şiddetin eğilimi ise o canlıyı yok etmek.

Soyu devam ettirmek için şart olan, peygamberlerin bile gerçekleştirdiği cinsel birleşme eylemini küfür ve hakaret sözü olarak kullanan toplumlar hastadır.

Birtakım insanlar hiç ölmeyeceklermiş gibi sonsuz bir dünya hırsı içinde çılgın bir savaşa tutuşmuşlar. Bunlara baktıkça insan soyunun yıkıcı olduğunu söyleyen Freud'a inanasım geliyor. Bir de insanlığın evriminde bir sapma olduğunu, beynin saldırganlık ürettiğini öne süren Arthur Koestler'e. Galiba haklılar.

Bir insanın kendisini başka bir insan karşısında silmesi, sıfırlaması zamanla korkunç bir şiddete dönüşür.

İnsan küçük düştüğünü hissedip kendini korumaya girişince karşısındaki hiç aklına gelmiyor ve dünyanın en zalim yaratığı kesilebiliyor.

Şiddet sadece öldürme, dövme, asma, kesme değil. Söz de şiddet kapsamında.

Şiddetten nefret ediyorum ama ne yazık ki Hitler gibi bir caniyi durdurmak da şiddet kullanmayı gerektiriyor.

Toplum, ölümü seven, ölümü yücelten, ölümü kutsayan provokatörler eliyle akıl ötesi bir şiddet boyutuna çekiliyor. Bu iş yavaş yavaş kotarılıyor; bir birikim söz konusu.

Canlılar dünyasının etoburları, birbirlerini değil, otla beslenen hayvanları yiyorlar. Ormanda et yiyenler birbirlerine saldırmıyorlar. Yem olma kaderi sadece ceylanlara, keçilere, koyunlara, tavşanlara, ineklere, kısacası otla beslenenlere ait. Onlar zararsız, kimseye

saldırmıyor ve dünyaya zarar vermiyorlar.
Bu yüzden kurban oluyorlar. İnsanlar da hep ot yiyen
hayvanlarla besleniyor.

İnsanlık bir gün, biyolojik olarak kendisine benzeyen, bir ana-babası, yavrusu, yüzü, duyguları olan, acı çeken, mutlu olan başka canlıları hunharca öldürüp yeme cinnetinden kurtulacak. Bundan adım kadar eminim. İlerideki kuşaklar bizim çağımızı hayretle okuyacak ve "Sahiden mi? Canlıları öldürüp onların ölü gövdelerini mi yiyorlarmış?" diye inanamayacaklar.

Canlıların birbirlerini öldürmeleri konusunda var olan doğal engel, hayvan öldürmek yoluyla aşılıyor.
Acı çeken bir canlı katlediliyor, kafası kesiliyor, barsakları deşiliyor, böbrekleri, ciğerleri çıkarılıyor. Normal olarak her insanda, hemcinsini öldürmeye karşı bir engel var; ama hayvanları öldüre öldüre, onlarla aynı biyolojik koşullara sahip insanları da öldürmeyi doğal karşılıyorlar.

İnsan insanı öldürebilmek için kavramsal olarak hayvanlaştırır.

Bir insanın, bir başka insanı yok edebilmesi için, bir eşiği aşmış olması gerekir. Kitle öldürmelerinde bu iki türlü olur: İnsan karşısındakinin kendisine benzemediğine inanır. "Onlar", kendisi gibi değildir. Beyazların siyahlara, Amerikalıların Vietnamlılara "maymun" vs. gibi adlar takmaları bundandır. İkinci yöntem de, insan soyunun bir başka insanı, bir "alet" aracılığıyla öldürmesidir. Birisini elle boğarak öldürmek, bir tabanca tetiğini uzaktan "tık" diye çekivermekten çok daha zordur. Tabancayla öldürürken, bilinçaltına yerleşen, "Ben yapmadım, alet öldürdü" rahatlamasıdır.

İşkence yapan ve bundan zevk alan tek canlı insan.

Zalimlik bir tercih değil, "yapılan işin gereği" olarak sunulur.

Evdeki şiddet önlenmeden toplumdaki şiddet önlenemez.

Bu ülkenin çocukları temel eğitimi okuldan, edebiyattan, tiyatrodan değil, televizyondan alıyorlar. Çok küçük yaşlardan itibaren her gün saatlerce ekran karşısına oturan çocuk, bu ekrandan şiddet öğreniyor, ergenlik çağına gelinceye kadar binlerce insanın vahşice öldürülüşünü seyrediyor, yabancı ülkelerin eğlence çöplüğüne attığı posalarla yetiştiriliyor. Hiçbir ülke kendi çocuklarının ve gençliğinin böyle yetiştirilmesine izin veremez, vermemeli.

Carl Sagan, "R faktörü"[25] diye bir şeye inanıyor. "İnsan soyu sudan karaya çıktığı için, beyin kökümüzde hâlâ sürüngen şiddetinin izleri bulunduğunu, bölgemizi korumak için şiddet kullanmaya eğilimli olduğumuzu" söylüyor. Yani hepimiz birer timsahız!

Homo Sapiens evrimini tamamlamamış bir tür. Sıkıntılar buradan çıkıyor.

Bir gün insan olmanın bilinci, hayvansal güdülerimizin üstüne çıkacak ve "insanlık" dediğimiz kavram o zaman gerçekleşecek.

Şiddetin kültürle ilişkisi var. Bazı yerlerde şiddetten kültür koruyor, bazı kültür ya da daha doğrusu sahte kültür ürünleri de şiddeti körüklüyor.

İnsan soyunun en korkunç eylemi öldürmek, en kötü huyu ise alışmak.

Eğitimin, "Barış kültürü" ve "Hümanizm" ilkelerine göre verilmesi şart. Yoksa sıradan eğitim insanları şiddetten uzaklaştıramıyor. Bu konudaki en çarpıcı örnek, çoğu Haydn, Brahms, Schubert dinleyen, Goethe okuyan Nazi subayları.

Şiddet karşıtı bir kültür oluşturmadan, barışçı ve uygar çözümlere ulaşmak mümkün değil. (1997)

İngilizler Picadilly'de yemek yer, publarında iştahla Guinness biralarını yudumlarken Hutular Tutsileri keser, Taliban kitle kıyımı yapar, Sihlerle Hindular her sabah kan banyosuna uyanır, Şiilerle Sünniler sonu gelmez bir öldürme iştahıyla birbirlerini yok ederler.

Kadına davranış bir toplumun uygarlık ölçüsüdür. Toplumlar geliştikçe kadına şiddet azalır, ilkelleştikçe artar. Şaşmaz bir ölçü bu.

Porno, kadın erkek ilişkilerinin çarpıtıldığı, son derece zalim bir alan. Erkeklere hitap eden bu filmler kadın bedenini değersizleştiriyor, kadını zulmedilmesi, aşağılanması, kirletilmesi gereken ve erkeğin hizmetinde bir et parçası konumuna düşürüyor. Korkunç bir şiddet bu.

Porno, normal kadın-erkek ilişkisi değil; sadizm, şiddet ve kadının aşağılanmasıdır. Bunlarla büyüyen birinin kadına bakışı sağlıklı olamaz. Kadına karşı şiddetin artmasında pornonun büyük bir etkisi var.

Fanatizmin en korkunç yanı, insanı akıldan ve muhakeme gücünden yoksun bırakmasıdır. İnsan soyunun eğlence ve beden hareketi olsun diye icat ettiği top oyunları yüzünden cinayet işlemek ancak böyle bir ruh hali ile mümkün olur.

İnsan soyunu birbirine yakınlaştırması işlevini üstlenmiş olan spor karşılaşmalarında döner bıçaklarıyla birbirine saldıran, düşman orduları gibi birbirini öldürmeye ant içen, konserlerde kendilerini jiletle doğrayan gençler, çarpık kitle kültürünün ürünü.

Şaşmaz kuraldır: Şiddet şiddeti doğurur. Ve şiddet yoluyla siyasi başarı kazanmak isteyenler de kan gölü içinde boğulup giderler. (1997)

teröre

savaşa ve barışa dair

Ne çok isterdim tek bir çocuğun ahının, koskoca devletleri tuzla buz etmesini, orduları bozmasını, ölüm kusan savaş uçaklarını düşürmesini.

Tanımadığı, bilmediği masum insanları öldürerek propaganda yapmak kadar iğrenç bir eylemi hiçbir hayvan kendisine yakıştırmaz. Ne sırtlan ne çakal ne akbaba! Sadece insan soyu!

Kavuşan iki sevgilinin parmaklarının birbirine değdiği noktada vuruyor terör. Çocuğunun başını okşayan annenin eliyle çocuğun başının arasına yerleşmiş. Unutulan her pakete, beklenen her kuyruğa, bahar akşamlarının avare gezintilerine damgasını vuruyor. (1992)

Terör sözlüğünde insaf kelimesi yok.

İntihar bombacısı bilse ki kıyamete kadar kalkmak yok, o geceki planlarını hemen değiştirirdi.

İnsanlarla silahlar aynı anda konuşamaz. İnsanların konuşması için silahların susması gerekir.

Kimi vatan uğruna hareket ettiğini öne sürer, kimi tanrı, kimi namus, kimi de ideoloji! Ama sonuç değişmez. Katil katildir!

Genç insanları ölüme göndermenin yolu din, milliyetçilik ve ideolojinin istismarından geçer.

Kan her şeyi kirletir. En kutsal amaçları bile.

Değirmende ağartmamaya çalıştığım saçlarım, bana hayatla ilgili iki şey öğretti. Bunlardan birincisi "insan" denilen canlı türünün sonsuz ihtiraslarla bezenmiş ve olgunluk evrimini tamamlayamamış hastalıklı bir yaratık olduğu. İkincisi, insan toplulukları arasındaki her saldırının mutlaka başka bir saldırı ile dengelendiği gerçeği.

Sorun, insanların ayrı düşüncelere sahip olmaları değil, bu düşünceleri demokratik platformlarda ifade edip etmemeleri ile ilgili. Türkiye'de yaşayan ve şiddete başvurmayı akıllarından geçirmeyen insanlar, birbirlerine taban tabana zıt görüşlere sahip olsalar bile aynı ülkenin yurttaşıdırlar ve aynı haklara sahiptirler. (1997)

Net olarak söylüyoruz ki; Türkiye'nin bölünmesine ve teröre karşıyız. Terörle mücadele edilmesini de doğru buluruz. Bu, bir devletin hükümranlık hakkı. Ne var ki devlet, teröre karşı mücadele ederken bile hukuk kuralları içinde kalmak ve insan haklarına saygı göstermek zorunda. (1996)

Çözüm PKK ile Kürt kökenli yurttaşlarımızı birbirinden ayırmaktır. Çözüm, Türk'ü ve Kürt'ü adil bir hukuk devletinde birleştirmektir. Çözüm, faili meçhul cinayetlerin aydınlatıldığı bir yargının işletilmesindedir. İnanın bana; bugüne kadar hiçbir hükümet bunu denemedi. (2012)

Her savaş ticarettir.

Savaş bir erkek davranışıdır!

Savaş, yaşlı erkeklerin genç erkekleri ölüme gönderdiği kanlı bir oyun ve şanla, şerefle hiçbir ilgisi yok.

Hiçbir canlı biyolojik kuralların dışında yaşayamaz. Eşek, eşek gibi yaşamalı, kaplan, kaplan gibi, yılan, yılan gibi, insan da insan gibi. Ama insan soyu kendisinde başka güçler vehmediyor. Değişmeye, başka bir şey olmaya, doğasını zorlamaya çalışıyor, işte mutsuzluğun ve savaşların kaynağı bu.

Savaş, siyasal çelişkilerden değil, iki tarafın da kendilerine benzemeyen insanları yok etme tutkusundan doğar.

Savaşı kimin başlattığı, kimin haklı olduğu gibi mantık yürütmeler, boğucu hale gelen korku ve nefret ikilisi karşısında bütün anlamını yitirir. Savaşta herkes intikam ister.

Milyonlarca insanın öldürüldüğü savaşları, çoğu zaman iki komutanın egosu yönetir. Birbirlerinden çok uzak oldukları, hatta hiç karşılaşmadıkları halde başka insanların hayatı üstünden bir ego oyunu oynarlar.

Bir yerde marş çalıyorsa bilin ki ölüm hazırlığı vardır.

Savaşan iki ordunun generalleri birbirinden nefret etmez. Sahaya sürdükleri askerler eder.

İki ordu yerine sadece generalleri çarpışsa çok daha adil olur. Ama onlar hiç görünmez.

İki düşman bir çift oluşturur ve hep bir arada anılırlar. Mozart ismini Salieri isminden sonsuza kadar kimse ayıramaz. John Lennon'ı Chapman adından, Puşkin adını da Dantes'den. Hep katiliyle birlikte anılmak ne kötü bir durum.

Kararlarında özgür bıraktığınız zaman hiçbir halk savaş istemez. Çünkü savaşlarda can verenler halkların çocuklarıdır, sönen onların ocaklarıdır.

Dünyayı kendinize benzetirseniz, egemenliğinizi daha çabuk kurarsınız. Bu yüzden Hollywood, Amerika için ordudan daha güçlü bir savaş makinesi.

İnsan kanlı tarihe bir çocuk gözüyle bakabilse şaşırır. Toplumların niye durup dururken kendilerini ateşe attığını anlayamaz. Bunu ancak, beyni kutsal kavramlarla yıkanmış ve kafası hurafelerle doldurulmuş bir yetişkin normal karşılar.

İbn-i Haldun savaşmanın insan yapısında içkin olduğunu, ilk insandan beri savaşmayan hiçbir kavim olmadığını yazmıştı. 500 yıl sonra Freud da buna inanıyordu. Demek ki henüz "insanlık" diye yüceltilecek bir kavrama ulaşamadık.

Sadece profesyonel askerlere değil, vatani görevi için silah altına alınanlara da, düşünmekten daha önemlisinin itaat etmek olduğu öğretiliyor. Amaç; adımları kadar sözleri, selamlaşmaları, düşünceleri de birbiriyle aynı olan insanlar yetiştirmek. Bu durumda, insanların özellikleri birbirleriyle aynı olacağı için, herkese ancak omuzlarındaki ve kollarındaki işaret kadar değer veriliyor. Makineye bir taraftan insan giriyor, öteki taraftan asker çıkıyor.

Sıkı bir ayakkabının ilk birkaç gün yaralar açtığı bir ayağın giderek buna alışıp nasır bağlayarak hiçbir şey hissetmemesi gibi, askerler de kalın, kaba, aldırmaz ve sert bir hayata uyum sağlarlar.

"Bayrakları bayrak yapan üstündeki kandır!" denmiş. Acaba sadece kan, bir bayrağı bayrak yapmaya yeter mi? Yeri geldiğinde ulusal simgemize "kanlı bayrak" değil, "şanlı bayrak" diyoruz. Demek ki bizim daha fazla kana değil, daha fazla şana, şerefe ihtiyacımız var. "Bayrakları bayrak yapan" sadece "üstündeki kan" değil, bilim, sağduyu, uygarlık, sağlam ekonomi ve kültürdür.

Zalime karşı savaşla, mazluma karşı savaş ayrımı yapmamız gerekiyor ama sorun buna kimin karar vereceğinde.

Ordular doğru işler de yaparlar. Kurtuluş Savaşımızdaki Türkiye Büyük Millet Meclisi Ordusu ya da Naziler'i deviren ordular gibi.

Savaşların en korkuncu iç savaşlardır.

Anadolu'nun tarihi, bir savaşlar, yıkımlar, göçler tarihidir. "Yurtta ve dünyada barış" ilkesini yaratan ve doğru kılan da bu olgudur. "Misak-ı Milli" gibi kavramlar, fantezi değil, hayatın içinde her an doğrulanan ve yeniden yaratılan kavramlardır.

Kim diyebiliyorsa ki "Ben şiddetin her biçimine karşıyım. Sağcı, solcu, dini, etnik ve resmi; kısacası hangi kimlik altında ortaya çıkarsa çıksın terörü, şiddeti, insan canına kastetmeyi nefret duyarak reddediyorum", işte o insan, ülkesini iç savaştan korumaya çalışmaktadır. Bunun ötesi şiddete taraf olmak ve "Viva la muerte! -Yaşasın Ölüm!" çığlığını yükseltmektir.

Türkiye mozaiğini oluşturan gruplar arasındaki uyum bozulur ve öç alma duyguları kabarırsa, Anadolu hepimize mezar olacak! (1993)

Akan bunca kana, ölüme, zulme, Anadolu'nun her köşesine şehit cenazeleri gitmesine rağmen bu ülkede Türk-Kürt kavgası yaşanmadı. Ama bu hep böyle gitmeyebilir. Bir gün bakarsınız ki biriken acılar köklü bir nefrete dönüşüvermiş. İşte o noktadan sonra iş çok zordur. (2006)

Eğer çekilen acı çok büyükse insanlar susar, hiçbir şey anlatamaz.

Kabilecilik atom bombasından daha tehlikeli, insanları durmadan savaştırıyor.

Merhaba kelimesinin kökeninde "Benden sana zarar gelmez!" anlamı var. Arabistan çöllerinde karşılaşan iki yolcu birbirlerini bu biçimde selamladıkları zaman, düşmanlık değil, dostluk istediklerini anlatmış olurlar. Arapçadaki "selam" ile İbranicedeki "şalom" kelimeleri de barış anlamına gelir. Barıştan bu kadar çok söz edilen bir bölgedeki amansız savaş biraz garip geliyor insana, değil mi?

Benim düşünce dünyamda William Faulkner, Hacı Bektaş'ın torunudur. Yunus Emre, Walt Withman'ın atasıdır. *Michael Kohlhaas*'ı yazan Kleist ile Köroğlu varyantları anlatan Anadolu ozanları aynı kaynaktan su içer; Homeros'un da kana kana su içtiği kaynaktır bu. Ve insan bir kez bu nehirde yıkandı mı hiçbir savaşı sevemez.

Barış içinde isyan taşır; zulme karşı.

Barışı sağlayabilmek için önce barışı istemek gerekiyor. Herkes barış istiyor mu acaba? (1997)

Barışın düşmanı çoktur.

Savaş borazanları öterken, flütlerin sesi duyulmaz.

Ölümün kutsandığı yerde, yaşamı savunmak
bir suç haline gelir.

Barışı savunmanın bedeli var. Barış, dostluk, anlayış, sevgi kavramları öfke çeker. Karşısındakini yok etmeye koşullanmış fanatikler, barış sözüne sinirlenirler.

Hz. Muhammed'in en zor anı Hudeybiye barışıdır.

Lenin'in başardığı en zor görev Brest Litovsk'taki uzlaşmadır.

Çocukluğundan beri "savaş kültürü" içinde yetişmiş ve okullarda bunu öğrenmiş olan insanlar, "barış kültürü"nün anlamını ve erdemini bilmiyorlar.

Dünyadaki hiçbir strateji, petrol, ekonomi ve iktidar hesabı bombadan yanmış bir çocuğun ölüm titreyişleriyle kasılmasının bedelini ödemeye yetmez. Korkunç savaşları durdurmanın tek yolu, yeniden, hepimiz için geçerli olabilecek bir "evrensel barış kültürü"nün yaratılmasına katkıda bulunmak, savaş kültürü yerine barış kültürü yolunu seçmektir.

Dostluklar kişiler arasında gerçekleşir; devletler arasında değil!

Uçakların icadı Zweig'ın neslini çok heyecanlandırmış, dünyada savaşların sonunun geldiğine inandırmıştı. Uçaklar havada uçtuğuna göre sınır falan tanımazdı ki. Dolayısıyla sınırlar yok olacak, barış gelecekti. Ama o nesil birkaç yıl sonra uçakların gökten bomba yağdırarak Avrupa'yı yıktığını görmenin şokunu yaşamıştı. Entelektüel iyimserliğe karşı, politik gerçek!

Uluslararası planda "terörü destekleyen devlet" statüsüne alınmış olan Suriye sorununun kökten çözülmesi herkesin arzusu. Yalnız bunu yaparken "Ortadoğu bataklığı"na sürüklenmek ve içinden yıllarca çıkamamak gibi tehlikelerden uzak durmak gerekiyor. (1998)

Usul usul, Musul-Kerkük rüyaları görmek, Atatürk'ün
çizdiği ve İnönü'nün sürdürdüğü, geleneksel, güvenli
politikaya aykırı, tehlikeli bir tavır değişikliğidir.
Böyle yüksek çıkarlı ve netameli bölgeler yüzünden çıkan
anlaşmazlıkların, kangren olup yıllarca sürdüğünü,
savaşlara, gerginliklere ve terör ihracına yol açtığını biliyoruz.
Bu tehlikeli fetih rüyaları yerine, var olan sınırlarımız içinde
yaşayan halkın daha onurlu, daha gelişmiş bir yaşama
kavuşabilmesi için çaba harcamak gerekiyor.
Yaralı demokrasimizin, eğitim, sağlık, ekonomi, adalet gibi
temel konulardaki ağırlaşan sorunlarımızın
çözümü "fetih" değil. (1990)

Hayatım boyunca barıştan yana oldum,
hayatım boyunca her türlü şiddete karşı çıktım.
Bu ilkeyi bundan sonra değiştirecek değilim.

siyasete
siyasetçiye
ve iktidarın
yozlaştır-
masına
dair

Kentte konuşulanlar anlamına gelen
"politika" sözcüğü olup bitenler değil, olup bitenler
hakkında konuşulanların bütünüdür.

Osmanlı'da siyaset meydanı, idam meydanı anlamında
kullanılır; idam edilenler için bazen "siyaset oldu" denilir.
Türkçe, siyaset ve idam kavramlarının aynı kelimeyle
açıklandığı tek dil.

Politika, hem etimolojik anlamıyla hem de bugünkü
gerçeğiyle bir dedikodu zinciri.

Politika için önemli olan gerçek değil, gerçeğin nasıl
yansıtıldığı.

Aşkın gözü gibi siyasetin de gözü kör.

Duyarlı insanlar, siyaset deryasında kabuksuz deniz canlıları gibi korumasız kalırlar.

Politika da aynen hayat gibi... Kuvvetlinin önünde ezilmek ve güçsüzü ezmek.

Bazen insanlar o kadar eziliyor ki öfke bile duyamaz hale geliyor.

Biri yapar, öteki yıkar.
Bütün mücadele bu iki güç arasında geçer.

Politikada öyle düşünmeseniz bile gerekeni söylemek zorundasınız. Sanatçının temel disiplini ise toplumu şoka uğratma pahasına yüreğinde olanı paylaşmasıdır. O yüzden dünyada siyasette başarılı olmuş sanatçı yok.

Çekiverin partilerin kuyruğunu. İnsanlara bakın. Sokakta, alışverişte, konserde, maaş kuyruğunda, okul sırasında, otobüs durağında, çarşıda, pazarda rastladıklarınıza dikkat edin. Orada hâlâ değerlerini yitirmemiş, sabırlı, dikkatli, sevecen, analar, babalar, kardeşler, çocuklar göreceksiniz. Paraları yetmiyor, sıkıntı çekiyorlar, üzerlerine nice oyunlar oynanıyor ama alçak gönüllü bir sağduyu içinde bu ülkeyi sırtlarında taşıyorlar. (1995)

Düşünmeye yatkın kişilikler, kentte konuşmaları yönlendirme sanatı olan politikayı beceremezler.

Politikayla uğraşan ben değilim.
O benimle uğraştı hep.

Kutsal kavramların siyasetçiler tarafından kullanılmaması lazım. Ben olsam toplumun çeşitli kesimleri için değerli olan "Kuran, Peygamber, Atatürk" gibi dini ve milli kavramların siyasetçiler tarafından kullanılmasını yasaklarım. Siyasetçilerin bu kavramlarla değil, icraatları ve projeleriyle konuşmaları gerekir.

İnsan soyunun iki kutsal duygusu olan din ve milliyetçilik, siyasetçilerin elinde birer tuzağa dönüşür.

Toplumu kandırmak kolay, yeter ki onun düzeyinde olun.

İnsanları hareket ettiren itkiler, ego, para, cinsellik değil mi? Herhangi bir kişinin davranışını anlamak isterseniz bu üç itkiye bakın. Konuşulmuyor ama hep arka planda bu var. Ülkeleri yöneten hırslı politikacıların da sorunu bu!

Anadolu insanını gördüğüm zaman yüreğim şenleniyor, siyasetçileri gördüğüm zaman da üzülüyorum. Bu çelişkinin ortadan kalkması gerek.

Türkiye'nin klasik politikacı tipi, günün yirmi dört saatinde parti merkezlerinde ve otel lobilerinde dolaşıp siyasi dedikodular üreten, dünyaya kapalı, Anadolu ilişkileri kuvvetli, zaman zaman aşırı öfkelenip duygularını açığa vuran, romanla, şiirle, dünyada neler olup bittiğiyle, müzikle fazla ilgilenmeyen, ancak bir davete gittiği zaman kendisine uzatılan mikrofona söyleyebileceği Yemen Türküsü ya da gençlik meyhanelerinden kalma bir iki alaturka şarkı mırıldanan ama yüreğinin derinliklerinde sanatla, kültürle uğraşmayı "abesle iştigal" sayan, dünyayı bilmeyen, herhangi bir konudaki uluslararası terminolojiye yabancı, meclise girdiği ya da bakan olduğu zaman omuzlarını geriye atarak ağır ağır konuşan, kendisinden sürekli "biz" diye söz eden, rastladığı insanlara büyük bir lütufta bulunuyormuş gibi, "Nasılsın bakalım?" diye soran ve cevabını beklemeden yoluna devam eden, elini sıktığı insanların yüzüne bakmayan, devlet ihaleleri, şartnameler gibi konulardan iyi anlayan kişilerden oluşur.

Devlet adamlığı, bir çocuk kadar düzgün ve duru düşünebilmeyi gerektirir. Bu yüzden Ankara'daki asık suratlı beylere ve hanımlara diyoruz ki "Lütfen, siyaseti çocuklar kadar ciddiye alın ve onlar kadar sağlam düşünün."

Türkiye'de politika yapmak, trene binmek gibi. Mesela bir tren İstanbul'dan kalkar, Kurtalan'a varır. Eğer bu trene binerseniz, politika yapmaya başlamış olursunuz ve Kurtalan'a gitmekten başka çareniz yoktur. Size ait bir politik anlayışa sahip olmanız mümkün değildir. Liderlerin dediklerini onaylayarak, sakince, size ayrılmış koltukta oturmak ve Kurtalan'a varmayı beklemektir kaderiniz. (1993)

Siyasetçilerin iyi niyetine güvenmek yerine, onları sivil ve çağdaş bir anayasayla zincirlememiz gerekiyor.
Bunu bütün gelişmiş uluslar biliyor. Bildikleri için de gelişmeye devam ediyorlar. Ülkenin iyi yönetilmesinin o kadına, bu adama değil, sağlıklı bir anayasaya ve kuvvetler ayrılığına bağlı olduğunu er geç biz de kavrayacağız.

Bu toplum ya 2002'yi milat olarak kabul edecek ya da 1919 ilkelerinden ayrılmayacak.
Bütün kavga bu.

İdeolojiye değil, tarikat ve kabile asabiyetine karşıyım.

İdeolojisiz siyaset, rant mücadelesinden ibarettir.

Tarikatlar, Osmanlı'da siyasi partilerdi.
Bu yüzden her padişah ayrı tarikattandır.

Dini partilerin altındaki buzdağları tarikatlardır.

İktidar olgusu, bir anlamda, yalanı gerçek,
gerçeği yalan gösterebilme gücü değil mi? (1998)

Mutlak iktidar ile mutlak mağduriyet ikiz kardeştir.
Birinden ötekine hemen geçersin.

Çevresindeki insanların bedenlerine ve ruhlarına
hükmetme duygusu, bir faninin kolay kolay üstesinden
gelebileceği bir duygu değil.

İktidar görkemi öyle bir şey ki bakışıyla her canlıyı kımıltısız
hale getiren bir engerceğin bile gözünü kamaştırır.

Padişahlar, sadrazam canı için uğraşmazlar.

İyi insanlar iktidara gelemez, gelse bile iktidar
onu bozar, zalim yapar.

İktidar, bir çürüme makamıdır.

Eline güç geçiren insan, ister istemez yozlaşır.
Kendisi dirense bile onu yozlaştırırlar.

İnsanları yönetme bilinci, bireyin başına gelebilecek en büyük yabancılaşmadır. Toplumun arasında yaşayan bir bireyin, en tepeye çıkması, galaksi değiştirmesi demektir. Artık o başka bir kasta aittir ve orada oyunun çok başka kuralları vardır.

İnsanların mutluluğu, iktidar oyunları arasında ne kadar da zavallı bir konu haline geliyor.

Bütün dünyayı dolaşsan, yedi iklim dört bucağı tarasan, hiçbir şeye ihtiyaç duymayan hükümdar bulamazsın. Hepsinin saraya, kumaşa, silaha, hayvanlara, ikram edecek yiyeceklere, cellatlara, askerlere, altına, gümüşe ihtiyacı var. Bunlar olmadan hükümdarlık yapamazlar! Oysa Mevlevi dervişinin omzunun öpülmesi ve saygı duyulması için bir tek çöpü bile olması gerekmiyor.

İktidar zulüm demektir. Hele denetlenemeyen iktidar!

Erkeğin cinsel iktidarıyla siyasal iktidarı arasında bazen doğru orantılı, bazen de ters orantılı ama çok yakından olduğu kuşku götürmez bir ilişki var.

Koskoca bir imparatorluğu yönetmek ile aile reisi olmak arasında nitelik açısından bir fark yoktur. Aradaki fark niceliktedir. Mesele bu iktidarı nasıl kullandığınız.

Hiçbir "başarı" küçük bir kız çocuğunun gülüşündeki mutluluğu yaratamaz. Hiçbir "ün" baharın ilk günlerinde omuzunuzu ısıtan güneş kadar değerli değil. Bir insanı sevmenin derinliği, hiçbir iktidarla kıyaslanamaz.

İktidarlar ve rejimler değişir, zulüm baki kalır.

İktidarlar öldürür. Kimi daha az, kimi daha çok. Siz bile öldürürsünüz. Çünkü iktidar olmanın başka yolu yok. Eskiden daha açık yapılıyordu, şimdi daha gizli. Dolaylı olarak öldürürsünüz, ölümlere neden olursunuz, ama bir şekilde iktidarınızın sürekliliği, öldürmeye bağlı olur.

Fark yaratan iktidar değil, muhalefet olmalı.

"Ben tarafsızım" demek de sonuçta bir seçim ve mutlaka mevcut durumda bir tarafta yer almaya karşılık geliyor. Genellikle de iktidar tarafında. Medyada, kültür alanında, siyasal alanda, bir şekilde bir yerde iktidarı onaylamaktır "tarafsızım" demek.

"Tarafsızlık" iktidar yandaşı olmayı aklıyor.

Ben tarafım elbette. İnsandan yanayım.

Hiç denediniz mi bilmem, bu dünyaya ilişkin ilk izlenimin resmini bulmaya çalışmayı. Uçsuz bucaksız imgeler denizinde balık avlamaya benzer. Gittikçe derine inersiniz. Bellek zorlandıkça yeni imgeler ortaya çıkar. Bende, bu dünyaya ilişkin ilk resim "kral mezarları"dır.

Başarı isteyen, iktidar için çırpınan insanlar! Buyurun devam edin. Aynı trende yolculuk etmiyoruz.

faşizme başkaldırmanın soyluluğuna ve demokrasiye dair

Faşizme başkaldıran insan soyludur.

Korku nefreti, nefret korkuyu, her ikisi faşizmi besler.

Tek bir insanın içinde adı konmamış bir faşist ve bir sosyalist bulunabilir. Mesele bunların oranlarında.

Başını öne eğenler yıldızları göremez;
ancak başkaldıranlar görür onları.

Faşizm daha başlangıcında insanları birbirine kırdıran, millet üstünlüğü fikrine dayalı bir ideolojiydi. Onda bir entelektüelin rüyalarını süsleyecek hiçbir insani motif yoktu.

Başlangıçta faşizm güçlü değildi. İktidara gelebilmelerinin tek nedeni anti-faşizmin zayıf oluşuydu.

Bütün totaliter rejimler insanı ezer, bireye "Sen hiçbir şeysin ama senin rejimin çok büyük" dedirtmeye çalışır. Onun için Hitler, Wagner'in majestik müziğini kullandı; Nazi sanatı korkunç kaslı heykeller, yanına yaklaştığında insanı ezen, "Sen hiçbir şeysin" dedirten dev binalar yaptı. Hıristiyanlıkta da bu var. Bunun istisnası Mimar Sinan. Yaptığı cami ne kadar büyük olursa olsun, insana "sen bir hiçsin" duygusunu vermiyor. "Sen bu evrenin bir parçasısın, bu da senin bir parçan" diyor.

Hiç kimse bir halkı, bir grubu, bir inancı ve bir aşkı yok edemez.

Irkçılık, geleneksel kültürle değil, olsa olsa birtakım önyargılarla ilgilenmenin tanımı olabilir.

Türkiye, dünyada ırkçılık yapılabilecek en son ülkedir. Bu kadar ırkın, soyun üst üste yığıldığı binlerce yıllık topraklarda ırkçılık olmaz, siyasal dincilik de olmaz.

Bizim Türk ırkçıları, Anadolu'daki onca Türk beyliğini kimin yok ettiğine baksalar keşke.

Bir kez vicdanınızı susturup da kendi ülkenizin suçlarını görmezden gelmeye başlayınca, nerede duracağınızı kimse bilemez. Müslüman kızların ırzına geçen Sırplar da milliyetçiydi, Alman Nazileri de. Bu anlamdaki milliyetçiliğin yurdunu sevmekle bir ilgisi yok. (1993)

Milliyet, din ve ideoloji kavramları insanları birbirine benzetmeye yetmiyor. Her insan kendi doğasının gereğini yerine getiriyor. İnsan toplumları, canavarlar da yaratıyor, kahramanlar da.

Globalleştikçe yerelleşiyoruz, içimize kapanıyoruz. Dünyanın her tarafında milliyetçi muhafazakârlığın hüküm sürmesini buna bağlamak lazım belki de.

Unutmayalım ki Friedrich Nietzsche'nin düşünceleri ve "Übermensch-Üst insan" kavramı da Adolf Hitler'in, zulüm makinesinin oluşturulmasında harç olarak kullanılmıştı.

Öyle görünüyor ki, önümüzdeki yıllar, etnik, dini ve milli kökenli fanatizmin yükseleceği ve insan haklarına saldırıların yoğunlaşacağı bir dönem olacak. Hatta bazı devletler fanatik bir dünya görüşüne göre örgütlenecekler. Fanatizmin tam karşısında yeşeren uygar dünya ise bilgi toplumu, dolayısıyla açık toplum olmanın mücadelesini veriyor. Türkiye, bu büyük ayrımda yerini nasıl belirleyecek? Hangi blokta yer alacak? (1990)

Adolf Hitler, her şeyi kitabına, yani demokratik sisteme uygun olarak yaptı. Kişisel imparatorluğunu adım adım kurdu. Halkın çoğunluğu, sanayiciler ve kurumlar, arkasındaydı ve onun niyetlerinden hiç kuşku duymadan olanca güçleriyle destekliyorlardı. Her zaman olduğu gibi, "Cehenneme giden yollar iyi niyet taşlarıyla döşenmişti."

Beethoven'le, Goethe'yle, Schiller'le, Bach'la övünmek isteyen Alman halkı, Hitler'den utanmayı da bilmelidir. Her ülke kendisine bu formülü uygularsa sağlıklı noktalara varılır.

Hitler Almanya'ya davet edilmiş olan Şarlo'nun ülkeye girişine izin vermemiş, bütün filmlerini yasaklatmıştı.

Yakınlarına "O bir artist değil, politikacı..." diyordu.
Şarlo'nun Hitler hakkındaki yorumu ise şöyleydi:
"Hitler çağımızın en büyük oyuncusu."

Hitler yüzyılın en büyük felaketini hazırlarken, dünya savaşını kışkırtarak alkışlanıyor, Şarlo ise hiçbir gücü olmayan bir sanatçı olarak barışı savunduğu için suçlanıyordu. Bugün insanlık Şarlo'nun önünde eğiliyor. Hitler'e gelince... Ona gülmüyor bile!

Vicdanı olmayan her insan Nazi'dir.

İnsanları beyinlerindeki diktatör yönetiyor.

Diktatörlük en küçük iktidar biçiminde bile var olan bir tehlikedir. Yağmurda ıslanan yolcuları almayan taksi şoförü de o anda elindeki iktidarın tadını çıkarmaktadır. Ama hiçbir küçük diktatör gerçeği sonuna kadar kendi lehine çeviremez. Ve her diktatörü bekleyen son onları da bekler: Bir köşede unutulmuş bir halde, çevreyi seyrederek tamamlarlar ömürlerini. Hem de kimsenin saygıyla anmadığı bir biçimde. Bu sondan kaçış yoktur! (2004)

Bir düşünün: Siz olsanız delirmez misiniz?
Bunca güç, bunca parıltı, insanın gözünü kamaştırıp, atını konsül yapan Roma İmparatoru[26] gibi delirtmez mi?

Tek bir kişinin egosu yüzünden mahvolan imparatorluklar, devletler, ülkeler var ama insan sürüleri aynı yanlıştan vazgeçmiyor.

Tarih ve coğrafya farkı gözetmeden kendine bir diktatör bulup ona körü körüne bağlanmak gereksiniminin temeli nedir acaba? İçgüdüsel bir davranış mı, yoksa öğrenilmiş bir şey mi?

Diktatörler, emirleri altındaki silahlı insanlara güvenerek büyük kitleleri yola getireceklerini sanma hatasına düşüyorlar. Oysa tarih, bunun mümkün olmadığını gösteren örneklerle dolu. Ne var ki her diktatör kendi bacağından asılıyor; bu sembolik asılışa kadar da uğraşmaya devam ediyor.

Uluslararası ve ulusal hukukun hiçe sayıldığı, bileği güçlü olanın ya da elinde silah tutanın, karşısındakini tepelediği bir dünya modeli çok fazla devam edemez.

Tarihte bunca zalim diktatörlük bunun için yıkıldı.
Bugünküler de yıkılır! (2003)

Hayat kendini düzeltir. Gerilen bir yay sonsuza kadar orada kalamaz; ister istemez yuvasına döner. İster askeri, ister sivil hiçbir olağanüstü dönem sonsuza kadar süremez; çünkü adı üstünde olağan değildir.

Bizim ömrümüz kısa, ülkelerin ömrü uzun. Parantezler açılır, kapanır ama toplum ilerlemeye devam eder. Sonunda, bir balığın sudan çıkınca yaşayamayacağını sezmesi gibi kurtuluşunun laik, çağdaş bir toplumda olduğunu bilir.

Laik kadroların, Cumhuriyeti demokratikleştirme çabası kaldığı yerden devam edecek.
Çünkü nehirler tersine akmaz. (2013)

Tarih bize, çaresiz bırakmaya çalıştığınız halkların çareler ürettiğini öğretir.

Halklar her şeyi anlar ama ne yazık ki geç anlar.

Siyaset satrancında her hareketin doğuracağı tepkiyi hesap etmek esastır. Darbenin kestirme mantığı bunları bilmez. Vurdun mu durur, kestin mi ölür zanneder. Oysa toplum kuralları böyle işlemez. (1991)

Evimdeki yangını söndürmek için sele muhtaç olmam iyi bir şey mi? Ben ordu diktası yerine kendi diktamı geçireceğim diyen bir harekete niye destek vereyim? (2015)

"Ülkedeki sosyal uyanış, ekonomik gelişmenin önüne geçmiştir"[27] saptamasından yola çıkarak demokrasiyi askıya alma kararı verenler kimlerdi? Askerler... (1998)

En gelişmiş demokrasilerde entelektüel birikim, toplumdaki her düşüncenin üstündedir. Demokrasilerde gelişmişlik seviyesi düştükçe, her türlü iktidar biçimi, entelektüel birikimin üstünde yer almaya başlar. Ve işin sonunda silahı elinde tutan ordu, toplumdaki en yüce ve tartışılmaz kurum olur çıkar. (1991)

Eğer askeri darbelerin tümüne birden karşı çıkmazsak, bizim gibi düşünmeyen bir grubun da kendi askerini getirerek, üzerimizde zulüm uygulamasına, felsefi anlamda tutarlı olarak karşı çıkamayız. Çünkü mantıksal bütünlük, bizim savunduğumuz ilkelerle bir darbe yapılmasını haklı gösterdiği gibi, bize karşı ilkelerle bir darbe oluşturulmasına da izin vermektedir. (1991)

Galiba halkların kolektif bilinçaltı düşündüğümüzden daha önemli. Bunca sadrazamını idam etmiş bir imparatorluk, cumhuriyete dönüştüğünde bir başbakan asıyor.

Yavuz döneminde o kadar çok vezir idam edildi ki halk arasında "Dilerim Sultan Selim'e vezir olasın" diye bir beddua oluştu.

Batı'da "demokrasi", halkın yönetime katılması anlamına gelir. Doğu'da ise devletin halka karşı korunmasının özlü ifadesidir. (1993)

Benim için "demokrasi" budur: Sıkı kural, özgür seçim! Türkiye'de tam tersi oluyor.

Demokrasi "millet bunu istiyor"
diye tutturan bir çoğunluk diktası olmamalı.

Denetlenemeyen demokrasi, çoğunluk diktatörlüğüdür.

Yamyamlık geleneğine sahip bir toplumda demokrat olmak,
insan yeme alışkanlığını halkın bir değeri sayıp
ona saygı göstermek değildir.

İnsan kurban eden bir kabilede, buna karşı çıkan aydınlık
bir insanın şef seçilmesi mümkün değildir.

Demokrasi "seçilmiş padişah"
yaratma rejimi değil. (2007)

Gerçek demokrasi için ne totaliter aydınlanmacılık,
ne "millet" fetişizmi

Seçilene değil seçene bak. Gerçek orada.

İnsanın doğumuyla birlikte getirdiği değerler üzerinden siyaset yapmak demokrasi değil.

Etnik ve din esaslı partiler, o ülkede demokrasinin işlemediğini gösterir.

Liderlerin gücünü anlamak için tek bir kösemenin koca sürüyü nasıl arkasına taktığına bakın.

Muhalafetini değiştirebilen bir halk, iktidarı da değiştirebilir.

Direksiyon başında şizofrenisi azan insan, sandık başında niye sağduyulu olsun? (1992)

Demokrasinin en yanlış yorumu, sayıca çok olan cehalet kültünün toplumu yönetme ihtirasıdır.

Bence 21. yüzyılın sloganı şu olmalı: Kime karşı olduğumuzu biliyoruz da kiminle beraber olduğumuz belli değil.

Bir ülkede siyasi mekanizmanın işlemesi o ülkeyi demokratik yapmaya yetmez. Dünyada, bir meclise ve seçimlere dayanan birçok diktatörlük var. Birtakım demokratik hileler kullanılarak, yeni diktatörlükler yaratılıyor. İşin en kötüsü de diktatörlüklere açık açık diktatörlük denildiği halde, böyle çarpık bir rejimde diktatörlerin, halk iradesinden ve arkalarında millet olduğundan söz edebilmesi. (1993)

Demokrasi, etnik, dinsel ve milliyetçi temalara dayanırsa tehlike başgösterir, çünkü bunlar temel ve kışkırtmaya açık duygulardır. Gerçek demokrasiler bu öğeleri siyaset dışı bırakır ve merkez sağ, merkez sol kanatları olan bir kuş gibi uçar. Bizde de yapılması gereken budur.

Geri kalmış toplumlar kurnaz bireylere, ileri toplumlar ise kurnazlığı aklına getirmeyen ve kurallara uyan yurttaşlara sahiptir. Demokrasi de ancak böyle toplumlarda yürür. Öbür türlüsü; en kurnaz olanın başa geçip kendi menfaatlerini toplum menfaati olarak yutturmasından ibarettir.

Devlet milletin efendisi değildir. Millete hizmetle yükümlüdür. Devlet, kendisini besleyen ve hizmetle yükümlü olduğu millete hesap vermek zorundadır. Devletin efendisi ve patronu millettir. (1996)

Bizde devlet, halkına değil memuruna güvenir. Vahim bir hata bu.

Devlet diye bir tanrısal güç yok.

"Örgütlenmeyin, benzer amaçları olan insanlarla ortak hareket etmeyin!" demiyorlar da "sen eşsizsin, her insan dünyada biriciktir" diyorlar.

Halk ancak örgütlü olduğu zaman etkili olabilir. Yoksa tek tek insanlar, zorbalık karşısında sinerler. Genel kuraldır bu.

Demokrasi, yeteneksizlerin ödüllendirildiği bir rejimin adı değil ki! Ama ne yazık ki Türkiye, kötünün iyiyi ezdiği bir sisteme dönüşme eğiliminde. Rejim gittikçe daha kötüsünü çıkarıyor ortaya. (1993)

Ankara'da bazıları, "Biz nasıl olsa bu toplumu dizayn ederiz, bunları önümüze katar güderiz" diye düşünüyorlar ama ne yazık ki çok yanılıyorlar. Atı alan Üsküdar'ı geçiyor ve bu lumpen-arabesk ortamın yetiştirdiği milyonlarca kişi, başında kendisine benzeyen insanlar görmek istiyor. Bu gidiş Cumhuriyet ilkeleri döneminin sonudur ve tarihte "Lumpen-arabesk" devri olarak anılacaktır. (1998)

Umut olması gereken siyasi kurumlar keyfi idarelerle, iyice şişmiş egolarla ve yanlış kararlarla baraj sınırlarında sürüklenirken, atı alan Üsküdar'ı geçiyor. (2006)

Cumhuriyetin monarşiye göre ileri bir adım olduğu açıktır ama demokrasiyle bütünleşememiş bir cumhuriyetin de cumhurun yani toplumun yönetimi anlamına gelmediği tartışılmaz.

Bir cumhuriyetin fazilet haline gelebilmesi için iki vazgeçilmez kural var: Laik ve demokratik olmak. (1997)

Yunancada *laiko*, halk demektir. Halktan kopuk laiklik olmaz.

Demokratik yaklaşım ve kültürel haklar ne teröre karşı mücadeleyi dışlar ne de Türkiye'nin bölünmesini hızlandırır. Tam tersine, bugün ihtiyaç duyduğumuz Türk-Kürt, Alevi-Sünni, laik-anti laik kardeşliğini sağlamanın tek yolu, her dile her inanca her kültüre saygı gösteren, modern bir demokrasi anlayışıdır. (1995)

Türkiye, İslam değerlerini çağdaş yaşamla harmanlayan, laik ama inanca saygılı, etnik kültürlere saygı gösteren ama anayasal yurttaşlık kavramını vazgeçilmez ön koşul olarak benimseyen bir sisteme sahip olmalı. (2013)

Tiyatro denilince herkesin aklına İngiltere, Rusya gibi ülkeler gelir ama bence hiçbir ülkedeki tiyatro yaşamı, Türkiye'nin eline su dökemez. Çünkü biz, ülke olarak dünyanın en büyük tiyatrosuyuz. Sahnede demokrasi dekoru var, hukuk dekoru, medya dekoru, ekonomi dekoru var. Milliyetçilik, sağcılık, solculuk, sanat, kültür, dincilik, Batıcılık, laiklik; bunların hepsi var. Ama bir de bakıyorsunuz ki arkası yok. Seyircinin izlemesi için sadece ön yüzleri hazırlanmış. Oyunun sonunda ise birisi bağıracak: "Yıktın perdeyi eyledin viran / Varayım sahibine haber vereyim heman!"

Bir toplumun üyesi olmak bilincine ulaşamadık, kalabalık içinde yaşama anlayışı devam ediyor.

özgürlüğe dair

Özgürlük,
kimseden bir şey istemek zorunda kalmamaktır.

En büyük özgürlük, insanın hırslarından, tutkularından, rekabet duygusundan, kendisini kanıtlama çabasından vazgeçmesi.

Ruh, dünya nimetlerinin tutsaklığından kurtuldukça özgürleşiyor, bağımsızlaşıyor ve dünya yüzünde hiçbir krala, imparatora nasip olmayacak büyük bir iktidara kavuşuyor.

İnsan kendini seçmeli. Bu seçimde size kendi özgür iradenizden başka hiçbir şey yol gösteremez. Mademki insan kendini seçer, biz de kendi yaşamımızı seçmekte özgürüz.

Tercihler özgür olmadıktan sonra,
sadakatin ve güzelliğin bir değeri olur mu?

Baskı altında yaşamış toplumlardaki ani özgürlükler,
patlamalara ve özgürlük ortamını yok edecek
tepkilere yol açar.

Sorumsuz özgürlük bir yanılsamadır.

Büyük bir disiplin içinde özgürlüklerimizi kazanmak ve
bütün bireyselliğimizle toplu uyumun
bir parçası olmak zorundayız.

Çok seslilik özgürlüktür, özgürlük ise disiplin.
Disiplinsiz özgürlük olmaz.

Özgürlük denen şey, herkesin kafasına göre
sesler çıkardığı bir kakofoni ortamı değil.

Kelime anlamı olarak "serbest" başı bağlı demektir, "serseri" ise başıbozuk. Şehrin kapıları içinde kayıtlı olarak haklarını kullanana serbest denirdi. Dolayısıyla serbest olmak, başına buyruk olmak değildir. Terminoloji gerçeği yansıtır.

Yetmişli yıllarda bireysel olmak suç, toplumsallık erdem olarak gösteriliyordu. Şimdi toplumsal sorumluluk suç, bireysellik erdem gibi gösteriliyor. Bence bireysellik ve dayanışma arasındaki denge toplum için kilit meselelerden biri. Eğer bu dengeyi kuramazsa bir toplum, huzur da olmuyor.

Ben hep bireysellikten yana bir insan oldum; fakat bireysellik ile bireycilik arasında çok kalın bir çizgi olduğunu düşünüyorum. Bugün bireycilik, kendi çıkarlarına bakan "neme lazımcılık" hâkim. (1995)

Bir Batı demokrasilerindeki düzene bakın, bir de baskıcı rejimlerdeki kargaşaya! Çağdaş bir açık toplum örgütlenmesindeki özgürlüklerden korkmayalım.

Temel amacım her zaman çirkinliğe karşı güzellikle, zorbalığa karşı umutla direnmek oldu. Özgürlük, eşitlik, emek, kadın hakları, çocuk hakları, serbest zaman hakkı, seyahat hakkı, anadilinde konuşma hakkı, bunlar gibi birçoklarının özgür olmasını, serbest olmasını isterim. Bunların kısıtlanmasını savunan düşüncelere ve inançlara da asla saygı duymam.

İnsan haklarına saygılı, bilgi akışının özgürce gerçekleştiği bir açık toplum mu? Yoksa fanatik baskıların kol gezdiği, sansürcü, yasakçı ve insan haklarını hiçe sayan bir ülke mi? (1990)

Eskiden köleler hiç olmazsa ayaklarına geçirilen prangaların farkındalardı, şimdikiler zincirlerini bile göremiyorlar.

Mustafa Kemal'e dair

Mustafa Kemal büyük bir asker, daha da büyük bir entelektüeldir.

Mustafa Kemal, tarihimizdeki ilericilik damarının bir yıldızı ve kendisinden önceki çağdaşlaşma çabalarının ürünü.

Mustafa Kemal ne Batı taklitçisidir ne de Doğu mistiği. O Türkiye Cumhuriyeti'ni, kendi toplumsal özü, yani Anadolu kültürü üzerinde yeniden inşa etmeye çalışmış bir devrimcidir.

Gazi, Anadolucu'dur! Batıcı, Doğucu ya da Orta Asya Türkçüsü değil! Bu topraklar üzerinde oluşmuş kültürlere ve insanlara sahip çıkıyor, Anadolu'nun bağrında yeni bir başlangıç yapmak istiyor. Bu yüzden Gazi'yi Doğu-Batı kıskacında ya da ırk temelinde düşünmek doğru değil.

Mustafa Kemal bir devrimcidir. Hayatını Tanzimat Fermanı'nı tartışarak değil, geleceği inşa etmeye çalışarak geçirmiştir.

Mustafa Kemal bir Osmanlı subayıdır. Neden bütün bir halk, bir Osmanlı subayını bu derece gönülden ve derinden seviyor? Neden kendi döneminin diğer paşaları, böyle sevgiyle anılmıyorlar?

Osmanlı Osmanlı diyorsunuz da siz Osmanlı için ne yaptınız? Mustafa Kemal bir Osmanlı generali. Ömrünü Osmanlı için cephelerde geçirmiş. Suriye'den Libya'ya kadar sağlığını feda ederek çarpışmış bir asker. Sen ne yaptın da Osmanlıcı oluyorsun oturduğun yerden?

Mustafa Kemal Osmanlı'nın yetiştirdiği en büyük isim. Fatih'in, Kanuni'nin ve diğer padişahların adını, babalarından aldıkları mirasla anıyoruz. Oysa Selanik'te yoksul bir Osmanlı ailesinin çocuğu olarak doğan, parasız yatılı okuyan yetim bir çocuk, 20.yüzyılın en büyük liderlerinden birine dönüşüyor. Dünya çapında savaşlar kazanan, iki kere İngiliz kabinesini yıkan, bir İslam ülkesine laikliği getirerek model oluşturan, ölümünden bunca yıl sonra bile dünya basınında hakkında makaleler çıkan insan. Bana bir tane böyle mucize gösterin.

Mustafa Kemal ve arkadaşları, Osmanlı'daki modernleşme mücadelesinin bir devamı ve zaferidir.

Bilirsiniz; camilerde kubbeleri bir tek kilit taşı tutar. Bu taşı çekerseniz, ona yaslanmakta olan diğer taşlar gümbür gümbür çöker. Mustafa Kemal, bu cumhuriyetin kilit taşıdır. Çünkü devlet ve ulus, onun iradesiyle kurulmuştur. Cumhuriyeti yıkmak isteyenler ise bu gerçeği, yani ülkenin "Aşil topuğunu" çok iyi bilmektedirler.

Birinci Meclis ve 1921 Anayasası ortak zeminimiz olabilir.

Kemal başka, Kemalist başka. Bu nüansı kavramadan tarihimizi doğru bir biçimde anlayamayız.

"Kemalizm" diye donuk bir maske çıkardılar. Ve bu maskeyi de darbelerde yüzlerine geçirip o darbelerin maskesi yaptılar. Kemalizm ile Mustafa Kemal'i ayırmak lazım.

Kemalist deyince benim gözümün önüne Kenan Evren'ler geliyor, Atatürk'ün ölümünden sonra Şükrü Kaya'lar geliyor, faşizm Avrupa'da yükselirken bizde de yapılan o zulümler geliyor. Kendisinden sonra yapılanlardan dolayı dönüp Mustafa Kemal'i sorumlu tutmak olacak şey değil.

Darbeci kadroların dilinde Atatürk vardı ama zihinlerinde yoktu. Çünkü onu anlamak Evrengillerden daha yüksek bir bilinç ve düzey gerektiriyor.

Mustafa Kemal, Kemalizm adı altında Türkiye'nin en çok istismar edilmiş figürüdür.

Gazi, elbette Kemalist değildi.
Kemalizm, onun ölümünden sonra sistemleştirilmeye çalışılmış ve zaman zaman da işlenen suçlara ve binlerce beceriksizliğe kılıf olarak uydurulmuş bir kavram. O dâhiye, en büyük kötülüğü ihtilal ortamının militerleri ile ara dönemlerin Kemalistleri yaptı.

Mustafa Kemal aydınlığını savunan kitleler birleşene ve kendi aralarındaki çelişkileri gidererek, evrensel değerleri savunan bir Türkiye kültürü yaratana kadar acılar devam edecek. (2015)

Türkiye Cumhuriyeti'ni konuşabilmek için önce
Kemal ile Kemalizm ayrımını kavramalıyız.

Gazi'yi sevmek ve anlamak aynı şey değil.

Mustafa Kemal çizgisini savunmak, gözyaşı ve hamasetle
değil, bilinçle, akılla, kültürle olur.

Mustafa Kemal'e olan sevginin sırrı, tarihin gelişmesine ve
insanlığın ilerlemesine karşı çıkmayan, tam tersine
ona yardım eden bir subay oluşunda.

türkiye soluna dair

Benim sol anlayışım, hümanizm ve eşitlik kavramlarıyla temellenir.

Sanat insan sevgisini estetikle işlemek demektir. Ve bunu sağcılar yapamaz. Bu, solun işi.

Sol, milliyetçi, ulusal yani nasyonalist olmaz, *patriot* yani yurtsever olur!

"Ulusalcı sol"un tam çevirisi: "Nasyonal sosyalizm."

Dünyada sol düşünce Marx-Engels başta olmak üzere birçok bilim insanının üst düzey kitaplarıyla tartışılır ve Rusya'ya Plehanov gibi düşünürler aracılığıyla sokulurken, biz solu da heyecanlı şiirler aracılığıyla tanımışız.

Dostoyevski bir makalesinde "Bugün bir Rus için en övünülecek şey, ne kadar az Rus'a benzediğidir" diye yazar. Bu Osmanlı ve Türk aydını için de geçerlidir. Türk'e çok az benzemek, İtalyan, İspanyol, Fransız sanılmak bir övünç sebebidir. Sol belki de bu yüzden geniş kitlelerin içine sinen "yerli" bir model kuramamıştır.

"Uluslararası ilişkiler yaşamsal önem taşır" dediğinde solcu, "Beynelmilel münasebetler hayati ehemmiyeti haizdir" dediğinde sağcı olduğun bir ülkede, aynı düşünceyi savunarak iki ayrı ideolojik bloka ait olmanın başyapıtları verilmiştir.

Mayonezli bir salatanın adına kâh "Rus salatası" kâh "Amerikan salatası" diyerek ideolojik mücadele verdiğimizi sanmışız. Böylece salatalardan ideoloji üretmeye çalışa çalışa, sonunda ideolojileri salataya çevirmişiz.

Türkiye'de sol üzerine çok ağır baskılar uygulandı. Ama sol, bu baskı dönemlerinden bütünleşerek, omuz omuza direnerek çıkacağına daha çok bölündü, düşman kamplara ayrıldı. Kısacası Türkiye'de "Solcu solcunun kurdu" olmuştur.

Türkiye'de modernliği kılık kıyafete,
şiveye ve protokol kurallarına bağlayan zihniyet kendini
tepeden tırnağa gözden geçirmezse hali harap;
benden söylemesi! (1996)

Türkiye'de sol, dünya solunun vardığı aşamaların gerisinde,
kendine özgü kurallar yaratan bir tür olarak varlığını
sürdüremez. (1990)

Türkiye'de sosyal demokrat iktidar, Fellini'nin görkemli
transatlantiği[28] gibi, ışıklarını görüp umutlandığımız,
ama bir türlü ulaşamadığımız bir hayal mi?

dine ve ahlaka dair

Din insana özgüdür, hiçbir hayvanın dini yoktur.

İnançların, insanların ölüme karşı çırpınışı olarak tanımlanabileceğini kavradığım andan itibaren samimi dindarları eleştirmedim. Bu işi siyaset olarak kullananlara ise nefretim arttı.

Siyaset dini bozar, içine nifak tohumları eker; bid'attir.

Dinin politik ideoloji olarak kullanıldığı ülkede demokrasi olamaz.

Cemaatler inanca değil çıkarlara ve siyasete göre örgütlenmiş yapılardır.

İnsanların ruhunu kurtarmak savıyla ortaya çıkan dinler, en büyük kıyımlara neden oldular.

Bütün dinler öldürmeyeceksin, zulmetmeyeceksin diye çıkmış olmasına rağmen, din kadar uğruna insan öldürülmüş bir kavram var mı?

Din için öldürenlere soruyorum: "Acelen ne birader? Biraz bekle, zaten hepsi ölecek. Senin inandığına inanmadıkları için de hepsi cehennemi boylayacak. Eğer buna inancın tamsa insanları beş on yıl önce cehenneme göndermek için nedir bu telaş? Ya öldürdüklerin bir de cennete giderlerse?"

Katil olduktan sonra ha haç takmışsın boynuna, ha hilal. Ne farkı var!

Bebekler bir dinle doğmaz, dine doğar.

Merhametli bir tanrıyı arayanlar çocuk hastanelerine gitsin.

Hayatın karşı konulmaz zevklerine karşı, Odysseus'un Sirenlerden korunduğu gibi[29] hepimizi bir direğe bağlayacak insanlara ihtiyacımız var.

Eskiden Akdeniz'in çok tanrılı dinlerinde insana benzeyen tanrıların ilişkileri, savaşları, evlilikleri, ihanetleri, öfkeleri konuşulurdu. Bütün toplum tanrıların maceraları ile vakit geçirirdi. Tek tanrılı dinlere geçtikten sonra bu ilginç öyküler bitti. Akdeniz toplumları, tanrı hikâyelerinin yerine dedikoduyu koydular.

Artık insanların Gılgamış'ı, Enkidu'su, Hera'sı, Afrodit'i yok, onların yerine müzik, sinema ve sporun tanrı ve tanrıçalarının maceralarıyla avunuyorlar.

Üç büyük dinin bu coğrafyadan çıkması tesadüf değil. Bu topraklarda şiir vahiy, şair de peygamber gibi. Böyle olunca da sözün tartışılabilir, eleştirilebilir değil inanılır olması önemli.

Dünyanın her köşesinde inançlar var, niye Ortadoğu'dan çıkanlar dünyayı kaplamış?

"Allah", eski Mısır'da Ay tanrısının adıydı.
Aramiler ve Yahudiler Tanrı'ya "Eli" diyor, Araplar "İlah."
Sonra bu iki kelimenin ayrı tanrıları ifade ettiğini söylüyorlar.
Ne tesadüf. Birilerinin tanrısının adı Eli, ötekilerininki İlah!
Adı bile bu kadar aynı olan tanrı yüzünden de birbirlerini
katledip duruyorlar. Benim aklım insan soyuna ermiyor.
Az bilinir ama İsa'nın gerçek adı Emmanuel'di. Yani Eli'nin,
İlah'ın emini... Peki Hz. Muhammed'in babasının adı neydi?
Abdullah! Yani Allah'ın kulu!

Nietzsche belki de haklıydı.
Tanrı 1500 yıldır insanlara seslenmiyor.

İbrahimi dinlerin en dünyevisi İslam'dır.

İslam dini "oku" emriyle başlıyor ama din kuralları bile
insanımıza okutmayı başaramıyor.

İslam daha başlangıçta peygamber ailesinin en büyük
düşmanlarının eline geçti. Burada büyük bir acayiplik
yok mu?

Dostlarınız torunlarınızı öldürse ne düşünürsünüz?
Hz. Muhammed yaşasa Yezit için ne derdi?
Sünni alemde bunlar yasak sorular.

İstismarın sonu hep aynıdır. Kerbelâ'dır.

Hoşgörülü, ahlaklı, şiddete bulaşmayan, suç işlemeyen ve iyi insan olmayı öğütleyen bir İslam...
Biz Anadolu'da bu Müslümanlığı yaşadık bugüne kadar.
Araplardaki "harese" kavramıyla örtüşen Müslümanlığı biz görmemiştik.

Türkiye'nin en büyük şansı, İslam dünyasında örnek oluşturabilecek, tek "laik ve modern ülke" olabilme fırsatıdır. Neredeyse "İslam'ın Rönesansı" diyebileceğimiz bir süreç yaşamış olan Türkiye, eğer kendini dipsiz bir kuyu gibi fanatizme çeken gruplardan kurtarabilirse dünyada en çok önemsenen örnek ülkeyi yaratacaktır. (1990)[30]

Ahlak bölgelere ve çağa göre değişiklik gösterir.
Dinler de öyle.

Dünyanın en iyi hazırlanmış anayasaları bile ahlaken
çökmüş bir toplumu ayağa kaldırmaya yetmez.
Çünkü toplumu asıl yöneten yasalar değil, çoğunlukla yazılı
olmayan ahlak kurallarıdır.

En büyük ahlak yasası, doğaya uygun yaşamaktır.[31]

Her meslek kendi ahlaki kuralları içinde davrandığında ve
meşru çıkarlarını koruduğunda ortaya ahlak temeline
dayalı bir toplum modeli çıkar.

İnsan hayatta kalmak ve soyunun devamını sağlamak
zorunda kalan bir canlı türü olduğuna göre, hayata tutunma
amacıyla yaptığı eylemlerden hangisi ahlakidir, hangisi değil?
Buna kim karar verebilir ve insanı eylemlerinden
dolayı kim yargılayabilir?

Yıllardır yolsuzluğun ve rüşvetin öyle ince,
öyle dolambaçlı ve girift modellerini geliştirdik ki, bunları
araştırmaya kalkan biri kendini uçsuz bucaksız, karmaşık
labirentlerde bulur. (1992)

Eleştiriden korkan toplumlarda, mutlaka gizlenmesi, saklanması gereken vahim çarpıklıklar var demektir. (1993)

Bu ülkede olup bitenlerden acı çekenler, ekranlardaki yozlaşmaya akıl erdiremeyenler, hileyi, yalanı, çürümeyi, tezgâhı içine sindiremeyenler, "gergedan" olmayan normal insanlardır. "Gergedanlar" bunların hiçbirine aldırmıyor. Sistemde yerlerini almışlar. "Başarılı insan" olmanın keyfini sürüyor ve alıştıkları için hem kendi alınlarındaki hem de çevrelerindeki boynuzları görmüyorlar.

Ortalık, bir şey yapmaya değil, bir şey olmaya çalışan zavallılarla dolu. (1998)

Terbiyeli insanlar kelimenin tam anlamıyla devede kulak kadar azaldılar. Çünkü deve çok büyüdü.

Artık insanlarda onurlu yaşamak, kıt kanaat geçinse bile ismine leke sürdürmemek, çoluk çocuğunun karnına haram lokma sokmamak gibi, toplumu koruyan kavramlar yok. (1998)

Kaynağı kuşkulu servetler, bazıları için, "ayıp" değil, "başarı" yerine geçiyor. (1993)

Hiçbir büyük servet lekesiz olmaz.

Ahlak, sadece para çalmamaktan ibaret değil. Beyin namusu daha da önemli bir değer.

"Basın" nasıl "medya" olduysa, "ahlak" da "etik" oluyor. Ne var ki ahlaksızlara yine "ahlaksız" denmeye devam edilecek. Çünkü kimseye "Bre etiksiz!" diyemezsiniz. (1997)

Namuslu yaşamış insanların namuslu ölmek gibi bir borcu var.

suça
cezaya ve
adalete
dair

Merhamet de zulmün bir parçası.
Merhamet zulmün merhemi olamaz.

Adaletin olmadığı yerde merhamet kendini rahatlatmaya yarar.

Adaletsizlik ancak büyük bir korku sonucunda ortaya çıkar.

Dikta yönetimlerinde herkes korkar ama en çok korkan en tepedekidir.

Haklı olmak yetmiyor. Haklı olduğunuzu anlatabilmek daha önemli.

Zulüm ve kan ne kadar artarsa artsın, geleceği haktan, hukuktan, demokrasiden, barıştan yana olanlar kuracak.

Doğada adalet yok ama insan topluluklarının adalet olmadan yaşaması mümkün değil. İşte buna uygarlık diyoruz.

İdam sözcüğü bir hukuk kavramını çağrıştırıyor. Oysa gerçekte olup biten, devletin adam öldürmesi. Hem de merasimle. (1990)

Caydırıcı olan şey cezanın ağırlığı değil, suçluların yakalanabilmesidir.

Yasaya uygun olmayan hayat değişmez ama hayata uygun olmayan yasa değişir.

Hiçbir insan sonuna kadar kendini suçlayamaz, mutlaka başkalarının da işin içine katılması gerekir. Eninde sonunda bir rahatlama anının gelmesi için gereklidir bu.

Bizim kültürde önemli olan suçun
gerçekleşmesinden çok, duyulmasıdır. "Bir şeyin şüyuu,
vukuundan beterdir" deriz. Yani "bir şeyin duyulması,
olmasından daha kötüdür." Duyulmadığı
sürece mesele yoktur!

Halk arasında "Karda yürüyeceksin,
izini belli etmeyeceksin!" denir. Türk insanı suçluluk
duymaktan çok, utanmaya yatkın.

Türk romanında işlediği suçtan dolayı vicdan azabı
çeken ve teslim olarak ruhunu kurtarmaya çalışan
bir "Raskolnikov" yazılsa, gerçekçi olmaz.
İç dünyamızda bir şeyler eksik bizim.
Kendi değerlerimize göre değil,
başkalarına göre yaşıyoruz.

Hukuk yapısının iyi kurulmadığı bir liberal sistem,
mafyalaşma anlamına geliyor.
Dolayısıyla Türkiye'nin her şeyden önce
başarması gereken iş, hukuk sistemini gerçekten bağımsız
işleyen, güçlü bir kurum haline getirmek. (1998)

Hukuk sistemine duyduğumuz güveni yavaş yavaş yitiriyorsak, bunun nedenini Cumhuriyet rejimini, eksiksiz bir demokrasiyle bütünlemeyi başaramamış oluşumuzda aramalıyız. (1997)

Bu ülke bir gün; iktidarda kimin olduğuna aldırmayan, hukuk rozetinde olduğu gibi gözü bağlı, tarafsız bir yargıya kavuşursa o zaman gerçekten güneş doğmuş demektir.

Ya adaleti sağlayacağız ya da "mülkün temeli"nin göçüşünü hep beraber seyredeceğiz.

istanbul'a dair

İstanbul, "şehirlerin kraliçesi"; dişi bir şehir.

İstanbul vefasız bir sevgiliye benzer. Sana hep ihanet eder ama sen yine de onu sevmeye devam edersin.

Burası İstanbul ve eskiden bu yana güçlülerin borusu ötüyor; hem de bu borunun, surlardan mı, minarelerden mi üflendiğinin hiçbir önemi olmadan.

İdeolojilerin gücü İstanbul'un ruhunu değiştirmeye yetmez!

İstanbul'un hiç değişmeyen dinamikleri var. Her çağda, servet, iktidar, entrika, isyan, şiddet ve şehvet. Bunlar her kuşakta yeni görünümler altında tekrarlanıyor.

İstanbul salı günü düştüğü için, o günün Rumlar tarafından uğursuz sayılması ve "Salı sallanır" inancı, İstanbul'u fethedenlerde sürüp gidiyor.

Boğaziçi'nin Avrupa ya da Asya kıyısında durup baktığınızda, denize değecek kadar yakın, sürü halinde, çok hızlı uçan kuşlar görürsünüz. Bunlara "yelkovan kuşları" denir. Eski bir söylenceye göre bu kuşların her biri, bir zamanlar Boğaziçi'nde yaşamış ve ölmüş kişilerin ruhlarını taşır. Avrupa'dan Asya'ya, Asya'dan Avrupa'ya hiç durmadan uçup dururlar ve Megaralıların, Cenevizlilerin, Romalıların, Osmanlıların ruhlarını serinletirler. Bu sular aynı zamanda, Hera'nın Zeus'tan kıskandığı için inek kılığına soktuğu İo'nun, bu lanetten kaçmak için çırpındığı yerdir.

Haliç'e bakarken Leonardo da Vinci'nin bir Haliç Köprüsü tasarımı çizip II. Bayezid'e gönderdiğini nasıl konuşmazsın!

Biz de kullanıyoruz ama Bizans, Almanlar tarafından 18. yüzyılda uydurulmuş ve geriye doğru işletilmiş bir isim. O imparotorluğun adı Roma idi.

Doğu Roma'da o kadar çok göz oyuldu ki,
körler diyarı bu açıdan da İstanbul'a yakışan bir isim.
Hem her devirde, gözünün önünde dönecek dolapları
göremeyecek kadar saf bir ahaliye sahip olduğu için
hem de bu kadar çok göz oyulduğu için.

iletişime

dair

Sandığımız gibi iletişim en yüksek noktasında mı? Televizyonlar, uydular, bilgisayarlar dünyayı bir bilgi akışı ağı içine sarmadan önceki zamanlarda, insanlar iletişimsiz mi yaşıyordu? İnsanların birbirinden haberleri olmuyor muydu? Oluyordu elbette. Belki daha derin biçimde.

Basın özgürlüğünü ve basını savunmak gerekir ama güçlenen basın karşısında bireyi kim koruyacak?

Artık internet cehaleti diye bir kavram oluşturma zamanı geldi.

İnternet cehaleti dünyayı felakete götürüyor. Her okuduğunu doğru sanan, cahil ama küstah bir tabaka oluşuyor. Manipülasyona son derece açık bir ortam.

İzlenme sayısının peşinde hiçbir kural tanımayan televizyonların ve basının insafına terk edilmiş olan halk, "tüketici" olmanın dışında bir değer taşımayan robotlara dönüştürülüyor.

Yazıyla insan hayatı arasındaki garip ilişkiyi düşünürüm. Yazı doğal bir şey değil, icat edilmiş, yani uçmak gibi o da doğamızda yok! Bu yüzden uçmaktan nasıl korkuyorsak yazıdan da korkuyoruz. Yazı, bir de internet çağına evrilince, bilmediği konuyu bildiğini sanan ve komplo teorilerinin hunisi altına girerek küstahlaşan birçok insan yarattı. Claude Lévi-Strauss insanlığın gerilemesini yazının icadına bağlarken haklı mıydı yoksa?

Medya çağında, kimin kendini nasıl ifade ettiği o kişinin gerçek düşüncelerinden daha önde.

Medya patronlarının en büyük sermayesi ne makineleridir ne paralarıdır; halkın cehaletidir.

Teknoloji değişse bile ruh değişmiyor.

Kitle iletişimi konusu kapitalizmden bağımsız değil.
Bu vahşi düzenin birçok bilimsel gelişmeyi,
büyük kolaylıklar sağlayabilecek onca üretimi iktidarların
hizmetine sunması gibi, iletişim teknolojisi de geliştikçe
kapitalizme hizmet eden bir güce dönüştü.
İktidarların bir bileşeni haline geldi.

Artık daha hızlı yaşıyoruz,
daha hızlı işlemler yapıyoruz,
bilgilere daha hızlı ulaşıyor, daha hızlı kazanıyor ama
her şeyi daha hızlı kaybediyoruz.

Bugün en önemli sorun; gittikçe devleşen medyanın,
olayları yansıtmaya yarayan bir araç mı,
yoksa tarihin gidişine müdahale eden,
olayları biçimlendiren bir güç
odağı mı olduğu. (1990)

Büyük kitleler dünü unutur, yarını ise düşünmez,
sadece anı yaşarlar. Bu "an" ise iktidarların ve medyanın
manipülasyonları ile oluştuğu için genellikle
yanlış yorumlanır.

Keşke, zamanın siyasi-medyatik şehvetine kapılanlar
bir an için hayatın gerçek boyutlarını görebilse;
suya yazı yazmak ile derin bir damara dokunmak arasındaki
farkı algılayabilse.

En masum insan eylemleri yazıya geçirilince, hele gazetede haber olunca, bir suç havası veriyor. Akşam evden çıkıp Beyoğlu'nda bir arkadaşınızla buluşabilir, Rejans'ta bir akşam yemeği yiyebilir ve eve dönebilirsiniz. Bu, dünyanın en olağan davranışlarından biri olabilir. Ama bir gazete, bir rapor, bir polis tutanağı aynı eylemi yazdığında suç gibi bir şeyler çıkar ortaya: "Şahıs saat 19.14'te evden çıktı, 34 AF 6781 plakalı taksiye binip Taksim'e gitti. İstiklal Caddesi'ne yürüdü ve Fransız Konsolosluğu'nun önünde öteki şahısla buluştu. Caddeyi yürüyerek geçip Beyaz Rusların kurmuş olduğu Rejans adındaki lokantaya gittiler. Burada iki saat kalan şahıslar lokantanın önünde ayrıldılar. Şahıs yine Taksim'e yürüdü, 34 ZD 2645 plakalı taksiye binerek saat 23.27'de evine döndü."

Ürkmüş insanların medya tarafından, istenen yöne sürüklenebildiği ve "gerçek saygısı"nın silindiği trajik bir dönem yaşıyoruz. (2003)

Medya insanlar için var. Onları izler, hikâyelerini anlatır, haberlerini iletir. Bizde ise medya insanları değil, insanlar medyayı konuşur.

Gazeteci dediğin, emeğiyle geçinen, toplumun önünde olmayan; tam tersine, toplumun önünde olanları izleyen kişidir.

Gazete merkezi için ulaşılamayan gazeteci ya ölüdür ya da kovulmayı göze alan biri.

Kendimi hiç gazeteci olarak görmedim. Çünkü gazeteye fikirlerini yazan adam, hiçbir zaman gerçek "gazeteci" refleksine sahip olamaz.

İletişim alanındaki teknolojik yenilikler dünyamızı değiştiriyor. Türkiye bunun dışında kalamayacak. Türk toplumu da kendini dünyanın iletişim ağı içinde bulacak. (1990)

İnsanları konuşarak tanıyamazsın. Konuşmak, canlı yaratıklar arasındaki en etkisiz iletişim aracı. Dil yalan söylüyor, olanları çarpıtıyor, insanlığın hiç bıkıp usanmadığı klişeleri tekrarlıyor. Bu yüzden insanları dinlemek onları anlamak için yeterli değil.

Bazı demagogları dinleyince hayvanların konuşmamasına saygı duyuyorum.

Düzeyli tartışma için ön koşul, insanın haklı çıkmaya değil, kendisi ile çelişmeyen bir tutarlılık içinde konuşmaya çalışmasıdır.

Üslup, insanın kendisidir, özüdür. Bireyin kendisine ve toplumuna duyduğu saygı konuşmalarına ve polemiklerine yansır.

Sürekli suçlamak ya da savunmak fikri sabittir.

İnsan çok yakından bakınca bir şey göremez.

Yargıladığımız sürece ne merak duyabilmemiz mümkün ne de anlayabilmemiz.

Medya çağında bütün toplumların bir parça boğa olduğunu düşünüyorum. Birtakım matadorlar hepimizin hassas kırmızı pelerinlerini biliyor ve arada bir çıkarıp sallıyor. Biz de büyük bir öfkeyle bu kırmızı pelerine doğru saldırıyoruz. Aslında o sırada matadorun istediği şeyi yapıyoruz ama boğa nasıl durumu anlamıyorsa, biz de anlamıyoruz. Kırmızı pelerinden başka bir şeyi göremeyen boğanın kaderi ölmektir. Kendisi üzerine oynanan oyunları göremeyen halkınki ise ezilmek.

Sosyal medya bir savaş alanı. Takma adlılar siperde, kimliğini gizlemeyenler apaçık ortada.

Kendimi sürekli eleştiren birisi olduğum için başka eleştiriler hafif geliyor. Hakaret farklı tabii. Çünkü kendime hakaret etmiyorum elbette. Zaten hiç kimseye etmiyorum.

Son notlar

1. Abidin Dino'nun Zülfü Livaneli'nin müziği için yaptığı nitelemedir.
2. Zülfü Livaneli'nin 2001 yılında Princeton Üniversitesi'nde verdiği "Anadolu İslamı ve Alevilik" konulu konferanstan alınmıştır. (Konuşmanın tam metni için bkz. 16.7.2015 tarihli *Cumhuriyet* gazetesi).
3. Bir kadın İslam ermişi, bir eline bir kova su, ötekine de bir kova ateş almış, yola çıkmış. Nereye gittiğini soranlara da "Bu kovayla cehennem ateşini söndüreceğim, bu ateşle de cenneti tutuşturacağım" demiş. Çünkü insanların sadece cennet vaadi ve cehennem korkusu yüzünden riyakârlık yapmasını istemiyormuş. (*Huzursuzluk*, s. 85, 86).
4. "Endymion bir çobandı ve ay tanrıçasına âşık olmuştu. Tanrılar bu yüzden onu cezalandırdılar. Cezası kendi kaderine yine kendisinin karar vermesiydi. Bu ceza Endymion'a çok ağır geldi ve sonsuza kadar genç olarak uyumayı seçti." (Zülfü Livaneli, *Mutluluk*, s. 32).
5. "Gerçekten önemli olan bir tek felsefe sorunu vardır; intihar. Yaşamın yaşanmaya değip değmediğinde bir yargıya varmak, felsefenin temel sorusuna yanıt vermektir." (Albert Camus, *Sisyphos Söyleni*, s. 6, Adam Yayınları, Fransızca'dan çeviren: Tahsin Yücel).
6. Hazcılık, yaşamda gerçekten istenen tek şeyin, ahlaki olarak en yüksek değer, en yüksek iyinin haz olduğunu savunan öğreti. (Ahmet Cevizci, *Felsefe Sözlüğü*, Paradigma Yayınları, 2005, s. 806).
7. "Develerin çölde çok sevdikleri bir diken vardır. Gördükleri yerde o dikeni koparır, çiğnemeye başlarlar. Keskin diken devenin ağzında yaralar açar, o

yaralardan kan akmaya başlar. Tuzlu kan dikenle karışınca bu tad devenin daha çok hoşuna gider. Böylece yedikçe kanar, kanadıkça yer, bir türlü kendi kanına doyamaz ve engel olunmazsa kan kaybından ölür deve. Bunun adı haresedir. Hırs, haris, ihtiras, muhteris sözleri buradan türemiştir." (Zülfü Livaneli, *Huzursuzluk,* s. 13).

8. Yolda kaldı gözlerim ol dilber-i rana gelecek
Saçı sümbül lebleri mül ruhleri hemra gelecek
Vay o dide-i ahusuna diçar olanın
Mest-i heyran olacak başına sevda gelecek

Adıyamanlı Çerağı Baba

9. *Agia Sophia:* Kutsal bilgelik.
Philo Sophia: Bilgeliği sevmek

10. Salvador Dali'nin orijinal adı "Belleğin Azmi" olan, ancak daha çok "Eriyen Saatler" olarak bilinen tablosu.

11. 14. yüzyılın büyük düşünürlerinden İbn-i Haldun'un *Mukaddime*'de coğrafya üzerine yazdığı görüşlerden, coğrafyanın kader olduğu sonucuna ulaşılabilir. Ahmet Hamdi Tanpınar da *Yaşadığım Gibi* isimli kitabında (Türkiye Kültür Enstitüsü Yayınları, İstanbul, 1970) "Coğrafya bir kaderdir. Bu demektir ki bunun gereklerini kabul etmek, ona ayak uydurmak şartıyla onunla iyi kötü uzlaşılabilir. Fakat bu şartları büsbütün unutanlar için perişanlık mukadderdir" demektedir.

12. İnsanları kökeninden dolayı, soyundan dolayı yok etmek anlamındaki "Genosit" sözcüğünden yola çıkılarak, bilerek ve farkında olarak ekolojiyi yok etmek anlamından "ekosit" kavramı türetilmişti. Zülfü Livaneli de bir dönem katıldığı Versay konuşmalarında kültürlerin yok edilmesini tanımlamak için "ethosit" kavramını ortaya atmıştır.

13. İnsanlığın toplu olarak gerizekâlılaştığı bir dünyada, ortalama zekâya sahip bir insanın dâhi olarak kabul edilmesini anlatan Mike Judge'nin 2006 yapımı filmi. Kanat Atkaya "Idiocracy" kelimesini film ile ilgili 22.1.2017 tarihli köşe yazısında "Gerzokrasi" olarak çevirmiştir.

14. Argos'un Ephyre ilinde yaşamış Aiolos oğlu Sisyphos'a verilen ceza *Odysseia*'da şöyle anlatılır:
"Sisyphos'u gördüm, korkunç işkenceler çekerken:
Yakalamış iki avucuyla kocaman bir kayayı,
ve de kollarıyla bacaklarıyla dayanmıştı kayaya,
ha bire itiyordu onu bir tepeye doğru,
işte kaya tepeye vardı varacak, işte tamam,
ama tepeye varmasına tam bir parmak kala,
bir güç itiyordu onu tepeden gerisin geri,
aşağıya doğru yuvarlanıyordu yeniden baş belâsı kaya,
o da yeniden itiyordu kayayı tekmil kaslarını gere gere,
kopan toz toprak ha bire aşarken başının üstünden,
o da ha bire itiyordu kayayı, kan ter içinde."
(Homeros, *Odysseia* 11. Bölüm: *"Ölüler Ülkesinde."* Çev. Azra Erhat ve A. Kadir, Can Yayınları, 1984).

15. Zülfü Livaneli 2009 yılında *Vatan* gazetesindeki köşesinde Kemal Sunal'ın 1970'ler ve 1980'lerdeki Şaban karakteri ile, Şahan Gökbakar'ın 2000'lerde canlandırdığı Recep İvedik karakteri üzerinden bir toplumsal dönüşüm analizi yapmış ve "Şaban'ın Recep'leşmesi" başlıklı bir yazı yazmıştı. Bu yazı ve tespit çok büyük ilgi görmüş, sonraki yıllarda Zülfü Livaneli'nin sık sık alıntılanan ve kullanılan yazılarından birisi olmuştur. Yazıdan bir bölüm şöyledir: "Şaban, büyük göçün başlangıcında köyden şehre yeni gelen, alçakgönüllü gecekondu mahallelerinde oturan, başını döndüren şehir karşısında köy safiyeti taşıyan, etrafa şaşkın şaşkın bakan bir tipti. Şehrin katakullilerine aklı ermezdi. Yüksek binalara bakarken şapkası düşerdi. Gördüklerine hayran olurdu. Karşısına çıkan kızın yüzüne bakarken ağzını toplayamazdı. Şaban zamanla şehre alıştı. Oturduğu gecekondunun yerine kaçak bir bina dikti, altına da bir dükkân açtı. Akrabalarıyla birlikte siyasi bir partinin yandaşları arasına girdiği için himaye edildi. Artık kentlilere çekinerek bakmıyordu, eline para geçmişti. Kentli kızları aşağılıyor, sokakta karşısına çıkanlara amaçsızca kötülük ediyor, ikide bir bağırıyor, milli maçlardan sonra silah sıkıyordu. Yüzünden o insani gülümseme silinmiş, tam tersine gördüklerini aşağılayan, hakaret eden bir nefret anlatımı yerleşmişti. Kentin yeni efendisiydi o ve eski efendileri aşağılama hakkına sahipti. Böylece Şaban Recep'leşti. Ve Türk toplumu kendi yüzünü Şaban'da değil, bu yeni Recep'te görmeye başladı. Çünkü Şaban'lar hızla azalıyor, Recep'ler ise her geçen gün artıyordu." (Zülfü Livaneli, *Vatan*, 20.2.2009).

16. Gâh çıkarım gökyüzüne
Seyrederim âlemi
Gâh inerim yeryüzüne
Seyreder âlem beni

Kul Nesimi

17. "Bir toplumda müzik bozulursa her şey bozulur!" diyor Konfüçyüs

18. "Trajedi (tragedya)" Yunanca bir sözcüktür. İnsan soyunun, değiştiremeyeceği bir kötü kadere karşı direnişini anlatır. "Tragudi" ise Yunancada şarkı anlamında kullanılan kelimedir. (Zülfü Livaneli, *Sabah*, 31.3.1993).

19. **O Belde**
Ne sen,
Ne ben,
Ne de hüsnünde toplanan bu mesâ,
Ne de âlâm-i fikre bir mersâ
Olan bu mâi deniz,
Melâli anlamayan nesle âşinâ değiliz

Ahmet Haşim

20. İ.Ö. 195 (?)-159 yılları arasında yaşayan Romalı ünlü komedya ozanı Publius Terentius Afer'in *Kendine Eziyet Eden Adam* (*Heautontimôroumenos*) adlı eserinde (1, 1, 24) oyunun kahramanlarından Chremes'e söylettiği söz. Oyunun ilk sahnesinde Chremes, komşusu Menedemus'a onun artık yaşlandığını ama sürekli ağır işler yaptığını, oysa onun geniş ve verimli topraklara ve birçok köleye sahip olduğunu, artık bu işleri çalışanlarına yaptırması gerektiğini anlatmaya çalışır. Daha sonra aralarında şu konuşma geçer.

Menedemus sorar:

- Kendi işlerini bırakıp da, ey Chremes, başkalarının seni hiç ilgilendirmeyen işlerine karışacak kadar boş vakti nereden buluyorsun?

Chremes şu etkileyici cevabı verir:

-Ben bir insanım ve insana dair hiçbir şey bana yabancı değildir. (*Homo sum; humani nihil a me alienum puto*)

Terentius'un Chremes'in ağzından ifade ettiği bu dize eskiçağ hümanizmasının temel taşlarından biri olmuş ve birçok antik ya da modern yazar tarafından alıntılanmıştır. (Kaynak: https://www.hasanmalay.com/index.php/felsefe/lben-bin-nsanm-ve-nsana-likin-hicbir-ey-bana-yabanc-deildirr Prof. Dr. Hasan Malay.)

21. Zülfü Livaneli'nin 1999 yılında Harvard Üniversitesi'nin daveti ile Stone Hall'da yaptığı konuşmanın başlığı "Bin Yıllık Yürüyüş" idi.

22. Gorbaçov Vakfı'nın San Francisco'da düzenlediği dünya forumunda George Bush'un sözleri üzerine Zülfü Livaneli tarafından yapılan konuşmada ifade edilen düşünceler.

23. Her ağacın kurdu özünden olur
Yiğidin kemliği sözünden olur
El için ağlayan gözünden olur
Ağlayan gözlerim selinden oldu.

Pir Sultan Abdal

24. Cherokee kabilesinin yaşlılarından biri, hayat, aşk ve evlilik üzerine konuşurken şunları söylüyor: "İçimizde iki kurt var ve bunların arasında da korkunç bir savaş. Kurtlardan biri; korkuyu, öfkeyi, kıskançlığı, pişmanlığı, açgözlülüğü, kibri, kendine acımayı, küskünlüğü, aşağılık duygusunu, üstünlük taslamayı ve bencilliği temsil ediyor. Diğeri ise; zevki, huzuru, sevgiyi, umudu, paylaşmayı, cömertliği, dinginliği, alçakgönüllülüğü, nezaketi, yardımseverliği, dostluğu, anlayışı, merhameti ve inancı temsil ediyor." Gençlerden biri "Hangi kurt kazanacak?" diye soruyor ve yaşlı adam kısaca cevap veriyor: "Hangisini beslerseniz o!" (Zülfü Livaneli, "İki Kurt", *Vatan*, 21.9.2009)

25. "R" harfi, "reptile" yani "sürüngen" kelimesinden geliyor.

26. MS 37-MS 41 yılları arasında Roma İmparatoru olan ve "Caligula" adıyla bilinen "Gaius Julius Caesar Augustus Germanicus" (MS 12-MS 41).

27. 12 Mart döneminin Genelkurmay Başkanı Org. Memduh Tağmaç'ın, 15-16 Haziran büyük işçi direnişinden sonra ifade ettiği tespiti. Bundan yaklaşık 9 ay sonra 12 Mart askeri darbesi gerçekleşmiştir.

28. Fellini'nin 1983 tarihli *Ve Gemi Gidiyor* (*E La Nave Va*) filmine atfen.

29. Truva Savaşı'ndan canını kurtaran ve İthaka'ya ulaşmak için diğer savaşçılarla birlikte yola çıkan Odysseus'un gemisi, tanrıça Kirke'nin yaşadığı Aiaia Adası'na sürüklenir. Kirke, adada başbaşa geçirdikleri gecede Odysseus, gideceği yolda başına gelecekleri ve yapması gerekenleri anlatır:

"Ulu Kirke dinledi beni, sonra şu sözleri söyledi bana:
-Demek her şey böyle böyle oldu bitti,
şimdi kulak ver sen benim diyeceklerime,
hep hatırlatsın bir tanrı sana bu dediklerimi:
Sirenlere varacaksın sen en önce,
onlar büyüler yakınlarına gelen bütün insanları,
kim yaklaşırsa bilmeden ve dinlerse onları, yandı,
bir daha evinde onu ne karısı karşılar ne çocukları.
Sirenler onu çayırda çınlayan ezgileriyle büyüler,
çayırın çevresinde kemikler vardır, öbek öbek,
bunlar kemikleridir etleri çürüyen insanların,
büzük büzük durur kemiklerin üstünde deriler.
Durma orada yürü, arkadaşlarının da tıka kulaklarını,
tatlı balmumuyla tıka ki, onların sesini dinlemesinler,
istersen dinle sen, ama bağlasınlar ayakta seni,
hızlı geminin içinde iplerle bağlasınlar
kollarından bacaklarından orta direğe,

ondan sonra dinle Sirenleri doya doya.
Ama dostlarına yalvarır da, dersen ki ne olur iplerimi çözün,
bağlasınlar onlar senin bağlarını bir kat daha sıkı."
(Homeros, *Odysseia,* 12. Bölüm: "Sirenler - Skylia - Kharybdis-Güneşin Sığırları." Çev. Azra Erhat ve A. Kadir, Can Yayınları, 1984).

30. Zülfü Livaneli'nin notu: Ne yazık ki 2000'lerde Amerika ve Avrupa, Türkiye'deki laik uygulamadan rahatsız olarak, ülkeyi İslam rejimine kaydırmak gibi korkunç bir hataya imza attı. Birtakım aydınlar da buna alkış tuttu. Oysa benim için dünyanın en büyük aptallığıydı ve güzel bir bebeği boğmak kadar korkunçtu.

31. "Antik Yunan filozofları 'etik' kelimesini, 'insanın doğaya uygun yaşaması' anlamında kullanırdı. Zaman içinde bu kelime 'ahlak' ile eş anlamlı oldu. Ama ilk kullanımı 'ahlak, erdem' kavramlarını da içerir elbette." (Zülfü Livaneli, Elif Ergu'ye verilen röportaj, *Vatan*, 25.9.2012).

DK'da yayımlanmış kitapları

Arafat'ta Bir Çocuk

Zülfü Livaneli'nin yıllara yayılan, yıllarla beslenen, zenginleşen deneyim ve gözlemlerinden, Almanya'da, İsveç'te, Türkiye'de, sınırlar, sınır aşanlar, sürgünler, gurbetçiler üzerine, değerleri yıllarla sınanmış öyküler...

Bir Kedi, Bir Adam, Bir Ölüm

Gerçek bir şaheser! Teknik ve psikolojik olarak mükemmel! Öldürmek mi bağışlamak mı ikilemini en iyi veren roman.

Yaşar Kemal

Leyla'nın Evi

Bu kitapta anlatılan, biri yaşlı diğeri genç iki kadının birbirlerini keşfetme hikâyesi değil sadece... Zülfü Livaneli yeni romanında, insanoğlunun barınma ihtiyacını ele alıyor. Bunu da İstanbul gibi sürekli göçlerle sarsılan bir şehir üzerinden anlatıyor.

Buket Aşçı, *Vatan Kitap,* 15 Mayıs 2006

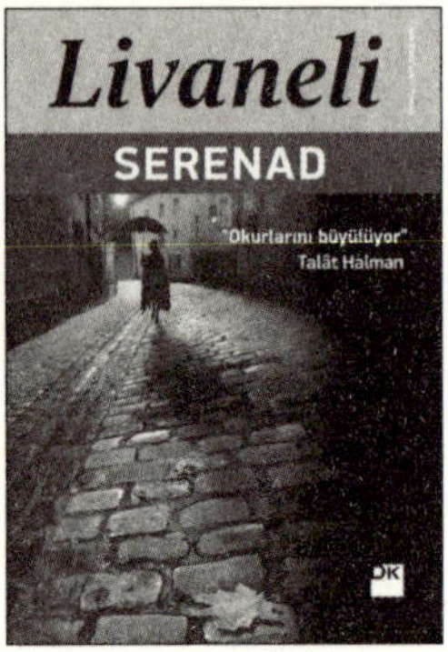

Serenad

Serenad yaşam musikisinin gür eseri. Bir sevgi çağrısıyla başlıyor, bir dokunaklı sonat gibi gelişiyor, bir çağın güçlü senfonisi olarak okurlarını büyülüyor. Bir Livaneli klasiği...

Talât Halman

Kardeşimin Hikâyesi

Sakin bir balıkçı köyünde genç bir kadının cinayete kurban gitmesiyle başlar her şey. Dünyadan elini eteğini çekmiş emekli inşaat mühendisiyle genç, güzel ve meraklı gazeteci kızın tanışmasına da bu cinayet vesile olur. Kurguyla gerçeğin karıştığı, duyguların en kuytu bölgelerine girildiği hikâye, daha doğrusu hikâye içinde hikâye de böylece başlar. Modern bir Binbir Gece Masalı'nın kapıları aralanır.

Gözüyle Kartal Avlayan Yazar

"Yaşar Kemal'in çevresinde esen, sanki kişiliğinin ve bedeninin ayrılmaz parçası olan, gittiği her yere, girdiği her mekâna, sanki onunla doğmuş gibi farkında olmadan taşıdığı bir rüzgâr vardı. Unutulmaz roman kahramanlarından Yel Veli gibi sürekli koşarak ölümden kaçmak istediği için oluşmuyordu bu rüzgâr. Koca gövdesiyle onu da, yanındakileri de bazen lodos gibi sersemletiyor, bazen garbi yeli gibi ferahlatıyor, bazen şiddetlenip çevresinde ne varsa önüne katıp sürüklüyordu."

Huzursuzluk

İstanbul'un hayhuyu içinde sıradan bir yaşam süren İbrahim, çocukluk arkadaşı Hüseyin'in ölüm haberi üzerine doğduğu kadim kent Mardin'e gider. Onun, önce sevdaya sonra ölüme yazılmış, Mardin'de başlayıp Amerika'da sona ermiş hayatını araştırmaya koyulur. Böylece âdeta bir girdabın içine çekilir, tutkuyla ve hırsla gizemli bir kadının peşine düşer. Bu romanda Livaneli, insanın içindeki ve dışındaki huzursuzluğu, sevda ile acının iç içe geçtiği bir Ortadoğu gerçeğiyle harmanlayarak okura sunuyor.

Gölgeler

Yüzleri geçmişin hüznüyle gölgeleniyor. Gölgeler ebedi değil mi yoksa? Silinip gidecekler mi onlar da, İstanbul gibi?

Livaneli'nin Penceresinden

Zafer Köse'nin Zülfü Livaneli ile yaptığı söyleşi, evrensel bir entelektüelin portresini sunuyor. Livaneli'nin onlarca yıldır sınanmış tavırları, iktidarlara direnmiş sözleri, eğilip bükülmeyen bir aydının düşünce dünyası... Toplumun kalbinden hayata açılan bir pencere.

Gökyüzü Herkesindir

Zülfü Livaneli, "Hep bir ağızdan türkü söyleyen" bir halkın sesi oldu. Onun ezgileri ve dizeleriyle halklar arasında dostluk köprüleri kuruldu, gidenlerin ardından yaslar tutuldu. Bireysel olanla toplumsal olanın iç içe geçtiği bir çağda, Livaneli'nin sözleri, "Gökyüzü herkesindir", "Dünyayı güzellik kurtaracak" diyenlerin umudu oldu...
Gökyüzü Herkesindir, Türkiye'nin kuşaktan kuşağa aktarılan şiiri.

http://www.livaneli.gen.tr
http://www.livaneli.net